살인자의 쇼핑목록

강지영 소설

살인자의
쇼핑목록

강지영 소설

Description	Price
스테이플러	
미트해머	6,000
글루건	6,000
	19,000

네오
픽션

차례

살인자의 쇼핑목록

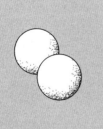

나는 캐셔다. 할인마트에서 물건값을 계산하는 것이 내 일이다. 하루 300명 정도의 고객을 만나고 그들이 내민 4500개쯤의 물건을 바코드 판독기에 찍는다. 그건 마치 딸꾹질처럼 임의로 제어할 수 없는 리듬의 연결이다. 나는 춤추듯 물건을 들어 올리며 턱짓을 한다. 무언가를 헤아리고 넌지시 바라보는 일은 언제나 즐겁다.

 여느 캐셔들은 화장실에 다녀오거나 식사해야 할 때 '정산 중입니다'라는 팻말을 세워놓고 자리를 비운다. 하지만 나는 자리를 비우는 일이 거의 없다. 내게 표정 없이 물건을 내미는 사람들을 관찰하는 일이 얼마나 흥미진진한지 동료들은 모른다. 사람마다 다른 체취, 직업마다 다른 옷차림, 고향마다 다른 말씨를 구분하고 마트 밖의 모습을 상상한다. 방광이 빠듯하게 조여드는 느낌, 허기가 져 위장이 요동치는 감각도 이젠 익숙하다. 그러다 보면 어느새 퇴근 시간이 되어버린다. 나는 잠자는 시간조차 아깝다.

오늘 첫 관찰 대상은 붙임머리를 한 이십대 여자다. 명품 디자인을 카피한 롱 원피스 차림의 그녀는 누드모델이거나 선정적인 방송을 촬영하는 스트리머일 거다. 일주일에 한 번 마트에 들러 사 가는 물건들이 거의 일정하다. 스무 개들이 한 묶음의 니플패치, 양상추 두 통과 1킬로그램짜리 닭가슴살 한 팩. 그녀는 속옷을 입지 않는다. 등이 깊게 파이고 몸에 착 달라붙는 원피스 어디에도 속옷의 흔적은 없다. 걸을 때마다 앞가슴의 살이 리드미컬하게 출렁인다. 몸의 중심부에 볼록 솟아오른 치골이 사람들의 시선을 모은다. 그러나 젖꼭지는 도드라져 보이지 않는다. 아마도 니플패치를 붙인 덕일 거다. 속옷 자국이 나면 안 되는 직업, 날씬한 몸매를 반드시 유지해야 하는 직업은 그리 흔하지 않다.

"적립이나 제휴 카드 있으실까요?"

여자는 앞니로 껌을 자근거리며 고개를 젓는다. 나는 매주 묻고, 그녀는 고개를 저으면서도 우리는 한 번도 거르지 않고 묻고 젓기를 반복한다.

"사인 부탁드립니다."

여자가 성의 없이 동그라미 하나를 단말기 액정에 그린다.

"감사합니다. 또 오세요."

그녀가 물건들을 챙겨 채 떠나기도 전에 중년 부인 하나가 나물이 든 일회용 봉지를 밀어놓는다. 깐 도라지, 불린 고사리, 숙주나물 300그램, 시루떡 두 개들이 팩 하나, 약과와 유과, 동태포, 무와 양지머리 한 덩이, 양초 한 갑, 마감 임박 세일 조기 세 마리. 중년 부인은 오늘 제사를 준비할 모양이다. 아직 남편을 여의기엔 이른 나이지만 그건 알 수 없는 일이다. 화장이 짙다. 남편의 제삿날 마스카라와 붉은색 립스틱을 바르는 건 어색하다. 조상의 기일일 가능성이 더 크다. 손가락에 낀 비취 반지와 긴 손톱, 여자는 제법 여유롭고 한갓진 삶을 사는 모양이다. 오십대 후반 정도로 보이니 자식들이 집을 떠나 두 내외만 오붓하게 살고 있는지 모른다. 제사 음식치고는 소박한 편이다. 시부모의 제사라면 살아생전 그리 사이가 좋지만은 않았으리라.

"재활용 봉투 드릴까요?"

"공짜로 주는 것처럼 묻네. 안 해요."

봉투가 필요 없다는 간단한 대답 대신 투정에 가까운 퉁명스러운 말투가 그녀의 심성을 드러낸다. 목과 팔목에 감겨 있는 두꺼운 체인 형태의 금붙이, 비만한 몸과 명품 지갑으로 보아 그녀의 살림살이는 그리 궁핍하지 않지만, 작은 것에는 손을 바들대는 피곤한 타입이다. 주식에는 수천만 원씩 쏟아붓고 날리기를 반복해도 그러려니 하면서 왜 겨울에 애호박이 2천 원이나 하는지 모르겠다고 투덜대는 얌체 부류다.

중년 부인이 물러난 자리에 소설가가 다가선다. 그는 격주로 월요일마다 마트에 들른다. 사실 그가 소설가라는 건 아직 확실치 않다. 다만 주머니에 든 두툼하고 낡은 수첩과 행색에 비해 눈에 띄게 값나가 보이는 만년필만으로 추측해볼 뿐이다. 수첩을 들고 마트를 찾는 사람은 드물지 않다. 꼼꼼한 고객들은 인터넷으로 물건값을 미리 확인한 후, 마트가 더 저렴해야만 물건을 손에 든다. 그런 사람들에게 사야 할 물건 리스트와 가격을 적어둔 핸드폰 메모장이나 수첩은 필수품이다. 하지만 남자는 대개의 사람들과 같은 이유로 수첩을 준비한 것이 아니다. 만년필을 꺼내 빠른 손놀림으로 무언가를 적고 또 적는다. 처음에는 경쟁업체의 직원이 아닐까 했지만 그는 상품에 관한 정보를 쓰는 게 아니었다. 지나가는 사람들을 멍하니 바라보다 카트에 몸을 숙이고 마치 화가가 크로키를 그리듯 재빨리 글씨를 써 내려간다.

한번은 바코드 판독기에 에러가 생겨 계산이 중단된 적이 있었다.

"손님, 죄송합니다. 판독기에 문제가 생겨서 옆 계산대를 이용해주셔야겠는데요."

다른 손님 같으면 불쾌한 표정을 지으며 물건을 도로 담아 자리를 옮길 테지만 그는 달랐다.

"고치는 데 얼마나 걸리죠?"

수첩을 꺼내고 만년필 뚜껑을 연 후, 침착한 표정으로 내 대답을 기다렸다.

"직원이 와봐야 알 것 같은데, 오래 걸리지는 않습니다. 10분 내외요."

그가 내 대답을 수첩에 옮겼다.

"기다리겠습니다. 천천히 하세요."

지원팀 직원이 내려와 바코드 판독기를 고치는 동안 그는 내게 이런저런 이야기를 늘어놓았다.

남자가 다시 수첩에 만년필 촉을 가져갔다.

"캐셔들도 회식이라든가 동호회가 있습니까?"

"알바도 있고 정식 직원도 있어요. 정식 직원들은 가끔 부서 회식을 하죠."

그가 입을 조금 벌리고 아, 하고 낮게 외쳤다.

"처음 알았네요. 이런 벌써 고쳤군요."

지원팀 직원은 계산대 아래에서 웅크리고 있던 몸을 일으키고 남자의 물건 중 애완동물용 외날 빗을 가져다 댔다. 단말기 모니터에 '애완 외날'이라는 항목이 뜨더니 금액에 3천 원이 추가되었다. 남자는 퍽 아쉬운 듯한 표정으로 나를 바라보다 계산된 물건들을 가져온 쇼핑 주머니에 담기 시작했다. 근무 수칙 중에는 고객에게 사적인 질문을 하지 못하게 되어 있다. 하지만 묻고 싶었다. '당신, 소설가예요?'라고.

"동물을 키우시는군요?"

소설가냐는 질문 대신 나는 그의 또 다른 면모를 훔쳐보고 싶었다.

"네. 야옹, 고양이를 키웁니다."

그는 거짓말을 하고 있었다. 고양이를 키우는 고객들은 외날

살인자의 쇼핑목록 13

빗 대신 주로 실리콘 빗을 산다. 개보다 고양이의 털이 훨씬 가는데다 빠지는 양도 몇 배는 많아 외날 빗보다는 털이 달라붙어 날리지 않는 실리콘 빗을 고른다. 설령 외날 빗으로 빗겨야 하는 장모종이라 하더라도 그의 대답은 엉터리였다. 남자가 입은 검은 재킷과 검은 와이셔츠에는 털이라곤 한 오라기도 붙어 있지 않았다. 외출을 위해 완벽하게 털을 제거했거나 새 옷이라고 가정한다 해도 석연치 않았다. 고양이를 키우는 데 필수적인 물품인 모래나 사료 따위를 구입한 적이 한 번도 없으니까. 그는 고양이를 키우지 않는 게 분명하다.

야간 근무 조는 11시에 업무를 마감한다. 그리고 그날 들어온 현금과 카드 명세표를 매출액과 맞춰야 퇴근할 수 있다. 대략 12시가 되어서야 옷을 갈아입고 각자의 집으로 돌아갈 수 있다. 집과 마트는 차로 15분 거리다. 방향이 같은 동료의 자동차를 얻어 타고 집에 돌아와 샤워를 마치면 12시 40분이 된다. 고향을 떠나 서울에 자리 잡은 지 7년이 지났지만 나는 아직도 이 도시가 낯설다. 사람들을 관찰하는 일은 흥미진진하지만 그들이 입을 열어 무언가 요구사항을 늘어놓을 땐 머리가 아득해진다. 물건을 내밀고 내 앞에 선 그들의 표정은 하나같이 석고상처럼 굳어 있다. 계산이 끝난 후, 자신의 지갑에서 빠져나갈 돈을 셈하느라 입술을 꼭 닫고 고개를 끄덕일 뿐이다. 가끔 반짝 세일 품목이 정상가로 처리되기라도 하면 그들은 악에 받쳐 나를 몰아세운다. 마치 캐셔가 자신의 지갑을 열어 몇백 원 혹은 몇십 원을 홈

처 가기라도 한 것처럼.

나는 그들이 두려우면서도 사랑스럽다. 끊임없이 솟아오르는 내 호기심을 충족시켜주는 고마운 존재들이다. 소설가인 그와 내 공통점은 사람들을 관찰하고 해부하는 것이다. 우린 같은 취미와 관심사를 가진, 어쩌면 같은 부류의 사람일지 모른다.

"서울 가흥동에서 오늘 오후 7시경, 이십대 여성이 피살됐습니다. 피해자 이 모 씨는 자신의 자취방에서 입술과 코, 눈이 본드로 붙은 채 이웃 주민에 의해 발견되었습니다. 경찰은 사망 원인을 질식사로 판단하고 동일 수법의 전과자를 대상으로 수사에 들어갔습니다. 피해자의 몸에서는 일정한 간격의 바늘 형태 자국이 목과 테이프로 결박된 손목 등에 남아 있어 독극물 주입 가능성도 배제하지 않고 있습니다."

본드, 일정한 간격의 바늘 형태를 지닌 외날 빗, 테이프. 소설가가 오늘 사 간 물건 중 일부다. 그는 이 물건들과 함께 머그잔, 마른오징어, 타월 세트, 중간 크기의 냄비, 맥주 한 박스를 자신의 집으로 배달시켰다. 그가 이 모 씨라는 여자를 테이프로 결박한 후 얼굴의 모든 구멍을 본드로 봉하고, 외날 빗을 살에 박아 여자의 고통스러운 몸부림을 즐긴 것일까. 뉴스는 이내 도시가스 요금 인상과 장애인 단체 시위에 대한 보도로 넘어간다. 나는 텔레비전을 끄고 가만히 눈을 감는다. 남자의 얼굴을 기억하려 애썼지만 어쩐지 이목구비가 선명히 떠오르지 않는다. 앞으로 2주를 더 기다려야 그와 다시 만날 수 있다.

아니다, 그저 기다리기에 나는 호기심이 너무 많다.

다음 날 출근하자마자 고객지원팀 사무실부터 들른다. 직원들은 대부분 점심 식사를 갔고 말단 사원 혼자 컴퓨터로 메신저를 하고 있다.

"매장 차은지인데요."

메신저에서 겨우 눈을 뗀 말단이 나를 물끄러미 바라본다.

"네, 말씀하세요."

"어제 제 고객 중에 부여동으로 배달 요청하신 분이 계시거든요. 그분께 카드 영수증을 못 드렸어요. 클레임 생길까 봐 걱정돼서요."

"저희 쪽으로는 클레임 들어온 거 없는데요?"

모니터 작업표시줄에 주황색 칸이 반짝이자 말단이 재빨리 메신저 창을 올려 자판을 두드린다.

"그분 연락처를 주시면 제가 연락해서 사과드리려고요."

"굳이 그러지 않으셔도 될 것 같은데."

말단은 모니터에서 눈을 떼지 못하고 대답한다.

"마음이 편치 않아서 그래요."

"어제 배달 내역이니까 확인해보실래요?"

마뜩잖은 표정의 말단이 모니터에 배달 고객 리스트라는 제목의 엑셀 파일을 열어준다. 남자의 이름은 알 수 없었지만 마트에서 거리가 꽤 있는 부여동의 배달은 단 두 곳뿐이고, 그중 하나가 누가 봐도 여자 이름이라는 걸 감안하면 '감윤서'라는 이름이 유

력하다. 나는 미리 준비한 메모지에 남자의 이름과 전화번호, 주소를 적는다.

언제나 그렇듯 나는 11번 계산대에 선다. 매주 수입 우둔살을 사 가는 여자가 내 앞으로 다가선다. 선글라스를 쓰고 붉은 립스틱을 바른 그녀는 매 맞는 아내다. 가끔 자신을 샌드백처럼 두들기는 덩치 큰 남편과 함께 올 때도 있다. 하지만 오늘은 혼자다. 그녀가 혼자 마트에 들를 때는 눈가의 붉은 멍을 선글라스로 가리는 날 뿐이다. 사 가는 우둔살은 두 사람이 먹기에는 턱없이 모자란 양이다. 100그램, 눈가에 붙여 멍을 빼기에 꼭 알맞은 사이즈다.

"마트에서 알바하려면 어떻게 지원하나요?"

여자가 조금 머뭇대다 내게 묻는다.

"상시 채용을 하고 있지만 정규직은 1년에 한 번밖에 안 뽑아요. 얼마 전에 끝난 걸로 아는데."

그녀는 콧등으로 떨어지는 선글라스를 바짝 올려 쓰고 고개를 숙인다.

"잘 몰라서 그러는데, 주부 사원이란 거 정말 주부여야 가능한가요? 이혼을 했다거나……."

드디어 여자가 스스로 샌드백의 지퍼를 열고 기어 나오려 한다. 비좁은 곳에 몸을 끼워 맞출수록 빼기는 더욱 버겁다.

"아니요, 상관 없이 가능한 걸로 알고 있습니다. 손님, 봉투 드릴까요?"

내게 물건값을 치르는 여자의 손목 위에 깊은 흉이 자리하고 있다. 휘적휘적 입구를 향해 걸어가는 그녀의 뒷모습을 보자 역광 때문에 눈이 시리다.

"빨리해주세요."

유난히 실수가 많은 날이다. 계산하던 물건을 떨어뜨리고 봉툿값 계산을 여러 차례 누락시켰다. 머릿속은 온통 감윤서라는 남자 생각으로 가득하다. 그를 찾아가서 나는 뭘 어째야 하는 걸까. 단순히 남을 관찰하는 취미만으로 증거 없이 그를 범인으로 몰 수는 없다.

"언니, 안 가?"

집 방향이 같은 동료가 생각에 잠겨 우두커니 앉아 있는 내게 말을 붙인다.

"먼저 가. 난 어디 좀 들렀다 가게."

그가 범인이라는 확고한 증거가 있다 하더라도 나는 섣불리 신고하지 않기로 한다. 애당초 내 목표는 관찰일 뿐이다. 알몸에 원피스 한 장 걸친 여자의 직업을 끼워 맞추는 것이 즐거웠듯 나는 내 추론이 맞는지 확인하고 싶을 뿐이다. 그렇게 생각하고 나자 마음이 한결 가벼워진다. 핸드백 속에 남자의 주소가 든 쪽지를 넣고 마트를 나선다.

부여동은 같은 구에 있지만 자동차로 30여 분이나 달려야 도착하는 외곽에 속한다. 남자가 사는 곳은 신축 오피스텔이다. 주변의 후줄근한 상가와 주택들 때문에 새로 지은 17층짜리 건물이 더욱 눈에 띈다. 경비원은 없었지만 1층에 패스워드 패널이 있다. 예상치 못한 일이다. 나는 1층 현관 옆에 붙은 우편함에서 남자의 집 호수와 일치하는 함을 열어 우편물을 확인한다. 두 통의 도톰한 봉투가 손에 잡힌다. 건물 옆면에 몸을 숨기고 우편물 하나를 뜯기 시작한다. 발신인은 카드사였고 안에 든 내용물은 명세서다.

요즘도 이메일이나 문자메시지가 아닌 우편 명세서를 받는 사람이 있다는 사실이 의아하다. 흘깃 보고 지나치는 게 아닌, 일일이 밑줄 그어가며 자신이 소비한 항목을 짚어야 하는 사람일 터다. 덕분에 나 또한 그가 지난 한 달간 어디에 지출했는지 알 수 있게 되었다. 내가 근무하는 마트에서 두 번의 결제 내역이 있고, 여성 의류 매장에서 32만 원이 3개월 할부로 결제되었다. 또 식당인지 술집인지 알 수 없는 '미래와'라는 곳에서 3만 원씩 두 번 결제된 걸 제외하곤 핸드폰 요금, 보험료 등이 빠져나갔을 뿐이다. 다른 봉투는 남자의 이름 대신 '이성아'라는 이름 앞으로 배달된 것인데 발신인은 백화점이고 할인 쿠폰이 들어 있다. 이성아가 누구인지 몰라도 감윤서만큼이나 아날로그 취향이란 생각이 든다. 남자는 결혼을 했을까. 문득 그의 손가락이 허전했다는 걸 기억해냈지만, 모든 기혼자가 반지를 끼는 것은 아니다. 그때 현관문 쪽에서 인기척이 들린다.

"자고 가라니까."

남자의 목소리다.

"됐다. 나이 찬 아들 집에서 왜 자고 가. 빨리 애인이든 와이프든 만들어서 너희끼리 재밌게 살아. 밥 해놓고 간 지 사흘은 됐는데 어쩜 그대로니. 대체 뭘 먹고 사는 거야?"

나는 벽에 바짝 몸을 숨기고 목소리가 나는 쪽으로 고개를 내밀어 누구인지 확인한다. 트레이닝복 차림의 남자와 오십대 아주머니가 이야기를 나누며 대로를 향해 걸어간다. 키가 작은 아주머니는 남자에 가려서 목소리만 들린다. 미리 택시를 불렀는지 비상등을 켠 택시기사가 둘을 향해 손을 내젓는다. 아주머니가 택시에 오르자 남자는 점퍼 호주머니에서 수첩을 꺼내 택시 번호판을 보며 무언가를 적는다. 택시 번호를 적는 것 같다.

"가셨어?"

택시가 출발하자, 곧바로 젊은 여자의 목소리가 건물 앞 주차장에서 들린다.

"오래 기다렸지?"

검은색 자동차에서 긴 생머리의 키 큰 여자가 내리더니 남자를 향해 종종걸음을 친다.

"지루해서 혼났네."

"아들한테 장가가라고 성화인 양반이 토요일 밤에 12시 넘도록 안 가시는 건 뭔지. 빨리 들어가자."

"원고 마감은 끝났어? 설마 밤새 노트북만 붙잡고 있는 거 아냐?"

남자가 오피스텔 출입구 앞에서 비밀번호를 누른다.

"원래 소설가 애인은 좀 외로워. 알고 만난 거 아닌가."

둘이 동시에 유쾌한 웃음을 터뜨린다. 나의 예상대로 그는 소설가다. 그러나 살인마인지는 아직 확실치 않다. 둘이 유리문 안으로 사라지자 조명 센서가 꺼지고 어둠이 자리 잡는다.

진눈깨비가 조금씩 날리는 대로변에서 택시를 기다린다. 갑작스러운 피곤이 몰려와 눈이 감긴다. 미끄러지듯 택시 한 대가 내 앞에 선다. 뻑뻑한 눈을 바로 뜨려 하지만 온몸이 묵은 솜처럼 무겁다. 택시에서 내린 누군가가 내 어깨를 툭 치고 지나간다. 상대가 누구인지 살필 겨를도 없이 의자에 몸을 묻는다. 빨리 집으로 돌아가고 싶다.

남자가 나타난 건 정확히 2주 후다. 그사이 남편에게 매 맞던 여자는 파트타임 직원으로 채용되어 이제 막 일을 배우고 있다. 그녀의 이름은 주현이다. 그녀의 계산대로 남자가 카트를 밀고 다가선다. 나는 고개를 빼, 그가 사는 물건들을 확인해본다. 몇 가지 식료품과 와인오프너, 스테이플러 심, 면도날을 계산대 위에 올려놓고, 그는 주현과 이야기를 나누며 수첩에 메모를 하고 있다. 업무를 마감한 뒤 나는 탈의실에 있는 주현에게 다가가 묻는다.

"메모하던 남자 말이야, 뭘 그렇게 묻고 적어 가는 거야?"

블라우스 단추를 풀며 이제는 몸에 멍 자국이 사라진 주현이 해맑은 눈으로 배시시 웃는다.

"혹시 은지 씨 그 사람한테 관심 있어?"

관심이야 많지만 친해지고 싶지 않은 사람이다.

"그게 아니라, 지난번에도 나한테 좀 이상한 질문을 하길래 궁금해서."

"은지 씨나 그 사람이나 궁금한 게 참 많네. 정규직이냐 알바냐, 시간당 얼마를 받냐, 마트에서 길을 잃은 적이 있냐……. 무례하기도 하고 재밌기도 한 질문들."

스웨터를 입고 재킷을 걸친 주현이 내 곁에 바짝 다가서 귓가에 입술을 가져다 댄다.

"그리고 와인 좋아하냐고."

주현이 앞니를 환하게 드러내며 웃는다.

"그래서 뭐라고 대답했어?"

"좋아한다고 했지. 그치만 남자랑은 술 안 마신다고 딱 잘랐어."

"왜?"

"그렇게 데고도 남자가 좋으면 미친년이게?"

그녀가 손을 흔들며 탈의실을 빠져나간다. 주현은 자신을 두들겨 패던 남자와 아직 법적으로 완전히 정리가 되지 않았지만 그에게 새 여자가 생겨서 별거에 합의했다고 한다.

"세상이 이렇게 아름다운 줄 몰랐어. 난 그 사람의 새 여친에게 감사해. 그리고 그런 인간을 떠맡긴 게 조금은 미안해."

주현과 헤어진 나는 그녀가 머무는 고시원 앞을 지나 큰길 옆 인도를 걷는다. 늘 집까지 데려다주던 동료가 마트를 그만두어

꼼짝없이 택시를 이용하거나 걸어 다녀야 한다. 날씨가 많이 풀려 바람도 잠잠한 밤이다. 인적이 뜸한 인도 위에 포플러 가로수들이 긴 그림자를 드리워 더 어둑하게 느껴진다. 옆으로는 6차선 도로가 있지만 차량이 거의 없어 반대편 인도가 훤히 보인다. 20여 미터 건너편에 검은 실루엣으로 보이는 사람이 나와 비슷한 속도로 걷고 있다.

근처에는 주택가나 버스정류장이 없어 늦은 시간엔 사람을 찾아보기 힘들다. 저 길을 걷는 누군가가 궁금하다. 키나 체형이 가늠되지는 않지만 모자를 눌러쓰고 안경을 착용했다는 것은 확실하다. 달리는 자동차의 헤드라이트에 안경이 잠시 반짝였기 때문이다. 나는 반대편의 그가 소설가는 아닐까 생각해본다. 와인오프너와 스테이플러 심이 든 쇼핑 봉투를 들고 자신을 미행한 어느 한심한 캐셔를 살해하려고 그가 따라붙은 것은 아닐까. 소설가에 대한 살인 의혹은 아직 명쾌하게 풀리지 않았다. 그가 노리는 다음 대상이 나일 수도 있다는 생각이 든다. 가슴이 두근거린다. 택시를 잡아야 한다. 도로를 향해 손을 흔들자 손님을 태운 택시 하나가 멈춰 선다.

"어디까지 가세요?"

조수석 유리창이 내려가고, 운전석에 앉은 반백의 기사가 내게 묻는다.

"파빌리온 오피스텔이요."

"원래 합승 안 하는데 먼저 탄 분이 괜찮다고 해서."

뒷자석엔 우아하게 머리를 틀어 올린 육십대 부인이 앉아 있다.

"방향 같으면 같이 타도 좋죠. 이 시간에 택시 잡기가 얼마나 어렵다고요."

재빨리 택시 안으로 몸을 밀어 넣는다. 고급 자수가 수놓아진 투피스를 입은 부인은 핸드백을 꼭 쥐고 입가에 슬며시 미소를 띤다.

"귀가가 늦으시네요."

그녀가 내게 먼저 말을 건다. 서울 밖에서는 살아본 적이 없을 것 같은 말투다.

"마트에서 일하거든요. 고맙습니다."

"아, 그럴 거라고 생각했어요."

나와 같은 취미의 사람들은 생각보다 많다. 어쩌면 세상 도처에 깔려 있는지도 모른다. 사람을 상대하는 직업을 가진 이들은 대부분 보통 사람보다 호기심이 많다. 그렇게 타고난 것이 아니다. 우리에게 사람은 모양과 크기가 다른 물건이다. 혹은 싹을 틔우기 전엔 종류를 가늠할 수 없는 씨앗이다. 그래서 유심히 바라볼 수밖에 없다. 그런 호기심조차 없다면 하루가 너무 기니까.

"왜 그렇게 생각하셨는데요?"

부인의 눈동자에 가로등 불빛이 수없이 빠르게 흘러간다.

"우선, 유흥가가 아닌 외진 도로변에서 택시를 잡는다는 건 뭔가를 즐기고 돌아가는 사람이 아니에요. 아마도 근처에 직장이 있을 게 틀림없는데 여긴 보다시피 저 할인마트밖엔 사람이 근무할 곳이 보이지 않더군요. 그리고 그 구두. 하루 종일 서 있는 사람들을 위해 만들어진 게 맞죠? 모양이 예쁘달 수는 없지만 발이 편해 보이네요. 이런 구두를 신을 나이치곤 너무 젊잖아요, 그쪽이."

그럴듯한 추리다.

"남자보다 여자를 추리하는 편이 더 쉽죠. 남자들의 거짓말은 주변의 한두 사람만을 속이지 않아요. 평소엔 거짓말에 능숙하지 않은 사람도 한번 작정하면 가족이나 친구, 심지어 자기 자신까지 속이죠. 자기가 속아야 완벽한 거짓말이 되거든요. 여잔 아무리 앙큼한 거짓말을 숨기고 있다 하더라도 옷차림이나 화장법에서 모든 게 탄로 나요. 정말 복잡한 건 늘 남자 쪽이지요."

어느새 오피스텔 앞에 택시가 멈춰 선다. 나는 셈을 치르고 부인에게 가볍게 고개를 숙여 인사를 건넨다. 택시가 떠나고 나자 가슴속에 무언가가 울컥하며 요동친다. 소설가가 살인마라면 그는 거짓말을 할 거다. 가족과 친구, 심지어 자기 자신까지 완벽하게 속이며 치밀하게. 그런 철옹성 같은 자에게 가까이 다가갈 수 없다면 좀 더 쉬운 쪽을 택해야 한다. 그의 최측근, 긴 머리 애인이다.

집으로 돌아와 평소와 같이 샤워를 하고 텔레비전을 튼다. 예능 프로그램이 한창이다. 리모컨을 눌러 뉴스 채널로 이동한다. 그녀를 다시 만나기 위해선 그의 집에 다시 찾아가는 방법밖에 없다. 다음 주부터는 근무 시간이 오전으로 당겨진다. 기회다.

"오늘 오후 5시경, 청명동에서 또다시 이십대 여성이 살해되었습니다. 살해된 최씨는 자신의 자택에서 양쪽 눈이 훼손된 상태로 어머니에 의해 발견되었습니다. 전신에 예리한 흉기로 인한 자상이 발견되었으며, 신체가 스테이플러로 훼손되어 있는 등 범행 수법이 잔인한 것으로 밝혀졌습니다. 또 훼손된 눈의 일부는 세면대에서 발견되었으며 사건 현장에 남아 있던 와인오프너를 이용해 적출한 것으로 보인다고 부검의는 진했습니다."

나는 청명동의 이십대 여성이 소설가의 애인일 거라 생각한다. 늘씬한 몸에 샴푸 모델처럼 찰랑거리는 머릿결을 가진 여자, 눈동자가 뽑히고 면도칼로 난자된 그녀의 모습이 그려진다. 여자의 도톰하고 보드라운 입술에 박혔을 스테이플러 심들이 절지류의 다리처럼 스멀스멀 내 입술 위를 기어 다니는 듯하다.

작년에 사은품으로 자전거 한 대를 받는 조건으로 종이 일간지를 구독했다. 약정 기간이 끝났지만 매일 새벽 현관문 앞에 일간지가 쌓인다. 자전거는 한 번 타고 안장이 부서져 내다 버린 지 오래다. 나는 현관문을 열어 무릎 높이까지 쌓인 일간지를 집 안으로 끌어들인다. 소설가처럼 아날로그적으로 생각하고 행동하고 싶어서다.

수북한 신문 사이에서 날짜를 확인해가며 2주마다 한 부씩을 빼냈다. 그러곤 사회면을 펼친다. 거의 매일 살인이 벌어지고 있지만 2주 간격으로 죽어나간 사람들은 하나같이 이십대의 젊은 여성이고, 그 수법이 잔인하다. 내가 보아도 특별한 패턴은 없지만 그녀들을 잔인하게 살해했을 법한 사내의 희고 멀끔한 얼굴만은 알 것도 같다. 자신의 애인을 어머니에게 떳떳이 소개하지 못했던 이유는 모두 2주 후면 사라질 존재였기 때문일 것이다. 다음 차례는 이제 막 무거운 족쇄에서 발을 빼고 삶의 희망에 들뜬 여자일지 모른다. 지금쯤 비좁은 고시원에 몸을 뉘고 내일을 꿈꾸며 잠이 들 그 여자가 위험하다.

이튿날 출근한 주현의 손에는 장미 다발이 들려 있다.

"나한테 와인 좋아하냐고 물었던 그 손님 기억나?"

주현은 유니폼으로 갈아입느라 장미 다발을 어찌할 줄 모르더니 결국 자신의 옷을 바닥에 내려놓고 꽃을 개인 사물함 안에 얌전히 올려놓는다.

"그 사람이 준 거야?"

"전남편하고 많이 다른 사람이더라. 배려심도 깊고 잘 익은 배처럼 사근사근해."

주현은 꽃잎을 매만지며 수줍게 말한다.

"잘 모르는 사람인데 좀 알아보고 사귀지그래?"

"사귄단 생각까진 안 해봤는데, 나쁠 거 같진 않아. 은지 씨, 진짜 그 사람한테 마음 있는 거 아니지?"

내가 고개를 젓자 입가에 웃음을 담뿍 머금은 주현이 장미 다발을 끌어다 향기를 맡으며 눈을 지그시 감는다. 힘겹게 샌드백을 빠져나온 주현은 이번엔 불구덩이로 뛰어들 준비를 하고 있다.

2주에 한 번씩 여자를 갈아치우려면 남다른 매력이 필요하다.

그는 눈에 띌 정도의 미남은 아니다. 좋은 향수를 뿌리거나 고급스러운 구두를 신지도 않는다. 시루에서 막 꺼낸 콩나물처럼 그에게선 비릿한 냄새가 풍긴다. 그건 피 냄새다. 끈적하고 음침한, 세상 모든 비극의 시작.

"내일 저녁 같이 먹기로 했어. 입고 나갈 옷도 없는데 큰일이다."

유니폼을 갈아입은 주현이 파우치에서 립글로스를 꺼내 입술에 바른다. 서른두 살이라고는 하지만 아직 앳된 외모다. 주현의 곧은 머리카락이 고무 밴드에 모아져 하나로 묶인다. 그의 취향은 긴 생머리일지 모른다.

"정말 데이트할 생각이야? 난 그 사람 별로던데."

"일단 썸부터 타보고. 설레는 친구 사이도 좋잖아."

세상에 설레는 이성 친구란 없다. 설레다, 를 빼든지 친구라는 단어를 빼야 성립되는 문장이다. 주현의 이런 순진하고 연약한 매력은 짐승들의 본능을 일깨운다. 놈들에게 그녀의 무구한 눈빛은 낙서를 부르는 백지이고, 포식자의 송곳니를 간질이는 어린 동물의 살점으로 느껴질지 모른다.

자신의 치명적인 매력을 알지 못하는 주현은 일주일 만에 소설가에게 몸과 마음을 열었다. 둘은 매일 데이트를 했고, 하루가 달리 새로 생기는 주현의 브로치와 머리핀, 고급 머플러 따위가 관계의 진척을 보고했다.

"고시원 살면서 뭘 이렇게 잔뜩 샀어?"

탈의실에서 블라우스 단추를 끼우는 주현의 발치에 팽팽하게 부푼 비닐봉지가 놓여 있다.

"그이가 집에 놀러 오래. 아무것도 사 오지 말랬는데 사실 나 요리를 꽤 잘하거든. 혼자 사는 사람이니까 밑반찬 좀 해주려고."

둘은 저녁을 먹고 침대로 갈까, 아니면 침대에서 기어 나와 빈 속을 채우게 될까. 확실한 건 아직 그녀의 목숨은 안전하다는 것이다. 적어도 그의 집에서만큼은 살인이 벌어지지 않으리라. 지금껏 그가 살인 용의자로 주목받지 않은 이유는 주변인들에게 자신의 연애를 극도로 숨겨왔기 때문이다. 패턴대로라면 아직 6일의 유예기간이 남아 있다. 그가 이번에는 어떤 물건을 사들일지 궁금하다. 다른 마트를 이용할 수도 있을 것이다. 하지만 패턴이 있는 연쇄살인을 즐기는 남자라면 연인을 죽일 물건의 계산을 태연히 연인에게 맡길지도 모른다. 소설가를 살인마로 확정하기엔 아직 결정적인 증거가 없다. 무엇보다 나는 관찰자일 뿐이다. 그가 살인마일지 모른다는 자그마한 단서를 들고 내 추측이 옳나 옳지 않나를 검증하고 싶을 뿐이다.

주현은 매일 저녁, 소설가의 집으로 퇴근하는 것 같다. 고시원에서는 요리할 수 없을 법한 식료품들이 오늘도 그녀 손에 들려 있다.

"은지 씨, 그 사람은 내 과거를 다 듣고도 헤어질 마음이 전혀 없대."

6일의 유예기간이 끝난 아침, 주현이 출근하자마자 두 눈 가득 감격의 눈물을 머금고 내게 말한다.

　"말했어?"

　"나 사실 이혼 마무리 안 된 게 내내 마음에 걸렸거든. 그래서 어제 다 털어놓고 처분만 기다렸지. 헤어져도 어쩔 수 없고, 친구로 남아도 오케이라고 생각했어. 근데 윤서 씨가 내 손을 꼭 잡고 이제 제대로 교제하자더라. 아는 변호사도 소개해주고, 이혼 절차 끝나면 정식으로 프러포즈하겠대."

　주현이 핸드백에서 포켓 티슈를 꺼내 코를 푼다. 허황된 거짓말로 여자를 유혹하는 남자는 세상 어디에나 있다. 여자의 마음이 헐거워진 틈을 그들은 단박에 눈치챈다. 그리고 얇디얇은 면도칼이 되어 그녀들의 어수룩한 마음을 파고든다. 잘 안다. 나 역시 그런 인생을 살아봤기 때문에.

　소설가가 마트에 나타난 건 점심 무렵이다. 평소보다 장 보는 시간이 길다. 그의 카트가 주현의 계산대를 향해 방향을 잡는다. 자신의 계산 순서를 기다리는 동안 소설가의 눈길이 주현을 향해 있다. 언뜻 고개를 돌릴 때마다 주현도 그와 눈을 마주치곤 생긋 웃는다. 고개를 빼서 소설가가 카트에 담은 물건들을 들여다본다. 플라스틱 상자에 담긴 가정용 글루건, 열두 가지 컬러의 마커펜 세트, 미트 해머, 구이용 치마살, 아스파라거스와 올리브오일이다. 자신의 차례가 되자 소설가가 주현의 앞으로 물건들을 내려놓는다. 바코드를 찍는 주현의 손길이 눈에 띄게 느려진다.

소설가의 손이 주현의 손등을 가볍게 건드린 것도 같다. 오늘 밤, 주현에게는 무슨 일이 벌어질까.

내가 탈의실에 들어섰을 때 주현은 다급하게 옷을 갈아입고 가방을 든다.

"오늘도 데이트해?"

애써 태연한 척하며 그녀에게 묻는다. 오늘 소설가는 주현을 만나지 않을 거다. 만난다 하더라도 일찍 돌려보내고 그녀의 뒤를 밟을 터다. 주현이 고시원에 산다는 사실을 알고 있다면 소동을 피하기 위해 외곽의 후미진 숙박업소를 이용할 수도 있다. 그가 범인이라는 단서를 잡으려면 나 또한 주현을 따라나서야 한다.

"일단은 미용실부터 가야 해. 자세한 건 내일 얘기해줄게."

허둥지둥 유니폼을 갈아입고 주현을 따라나섰지만 주현은 벌써 택시를 잡아타고 저만치 사라져가고 있다. 그녀는 주기적으로 매직 파마를 했다. 하지만 일주일 전 이미 파마를 했으므로 다시 미용실에 간다는 건 이례적이다. 얼결에 주현을 놓친 나는 소설가의 집을 찾아가기로 마음먹는다. 낮에 물건을 잔뜩 샀으니 일단 집으로 돌아가 그것들을 냉장고나 서랍 안에 부려놓으리라는 생각이 들어서다.

손을 뻗어 택시를 잡는다. 퇴근 시간이 겹쳐 도로는 꽉 막힌다. 그사이 소설가가 오피스텔을 빠져나와 모처에서 주현을 만나면 어쩌나 마음이 조마조마하지만, 도착해보니 그가 사는 호수의 창문에 불이 켜져 있다. 언제 그가 나올지 모르니 나는 몸을 숨기기

적당한 장소를 물색한다. 길 건너편 2층 건물에 카페가 눈에 띈다. 창가에 자리를 잡으면 오피스텔 입구가 눈에 들어올 것이다.

카페는 규모가 작고 손님이 없다. 주인으로 보이는 여자가 주문을 받는다. 재빨리 움직여야 할 상황에 대비해 혈당을 올릴 음료가 필요하다. 나는 캐러멜마키아토를 주문하고 창가 자리에 앉아 오피스텔을 바라본다. 지나치게 달고 느끼한 커피를 홀짝거리며 소설가의 창문을 관찰한다.

6시 반부터 시작된 염탐은 밤 9시가 되도록 끝나지 않았다. 잠시도 눈을 떼지 않았지만 여전히 소설가의 모습은 눈에 띄지 않는다. 조명이 환한 건 방범을 위한 자구책일지도 모른다는 생각이 든다. 소설가는 내가 도착하기 전에 짐을 부려놓고 주현을 찾아 나섰는지 모른다. 아차 싶은 마음에 주현에게 전화하려는데 마침 낯익은 모습의 여자가 오피스텔 입구로 들어가는 게 보인다. 머리를 세팅해 우아한 컬을 만들고 연분홍색 투피스를 차려입은 주현이다. 능숙한 손동작으로 비밀번호를 누른 그녀가 안으로 사라진다. 그리고 잠시 후, 소설가와 주현이 유리문을 밀고 걸어 나온다. 이어 택시 한 대가 오피스텔 앞에 멈춰 섰고 모피코트를 입은 중년 부인이 내린다. 중년 부인은 지난번에 본 소설가의 어머니인 듯하다. 둘은 활짝 웃는 낯으로 중년 부인에게 다가섰고 이내 셋은 다시 건물 안으로 사라진다.

10시가 되자 카페 주인은 문을 닫아야 할 시간이라며 제멋대로 의자를 테이블 위에 겹친다. 아직 주현은 집에 돌아가지 않았다. 내일 아침까지 그녀가 살아 있다면 내 짐작은 틀린 것이 된다. 집에 돌아가 편안히 기다리면 될 일이지만, 내 눈으로 그간의 의혹을 확인하고 싶다. 나는 카페를 나와 오피스텔 주차장으로 걸음을 옮긴다. 커다란 몸집의 SUV 옆에 몸을 웅크리고 앉아 출입문이 열리기를 기다린다.

꽃샘추위 탓에 손이 곱아들고 묽은 콧물이 흘렀지만 포기할 수 없다. 11시가 훌쩍 넘은 시각, 드디어 출입문이 열리고 주현과 소설가가 걸어 나온다. 두 볼이 붉게 상기된 주현의 세팅한 머리카락을 소설가가 다정하게 쓰다듬는다. 무어라 대화를 나누는 듯하지만 그녀의 훌쩍이는 소리 때문에 잘 들리지 않는다. 잠시 후 택시 한 대가 오피스텔 앞에 섰고 소설가가 뒷문을 열어 주현을 태운다. 그는 택시가 떠난 후에도 한동안 그녀가 사라진 어둠을 묵묵히 바라본다. 그러곤 무거운 걸음을 터덜거리며 오피스텔 안으로 들어가버린다. 1시가 가깝도록 주차장에 몸을 숨기고 누군가 나오기를 기다렸지만 트레이닝복 차림의 젊은 남자와 음식 배달원이 들락거렸을 뿐, 소설가와 그의 어머니는 나오지 않는다. 내 의심이 틀린 것이다.

집으로 돌아오며 지난 2주일간 품어온 의혹들이 눈을 비집고 흘러나온다. 무색무취의 맑은 그것이 카디건 앞자락을 적신다. 주현이 목숨을 부지한 것은 다행이었지만 확고했던 나 자신에 대한 믿음은 무너져 내린다. 비정상적인 집착이다. 누군가 나를 정신병자라 몰아세워도 나는 그럴듯한 변명거리를 내세우지 못

할 거다. 고향으로 돌아가 늙어가는 어머니와 이제는 초등학교 3학년일 딸을 끌어안고 싶다. 그들과 같은 비누를 쓰며 같은 냄새를 풍기고 싶다.

고향을 떠난 건 남편이 사망한 직후였다. 생전 그에게는 분명 다른 여자가 있었다. 남편은 나를 의부증 환자라고 말했지만 받아들일 수 없었다. 내게 시켜야 할 가정이 있었다. 새벽마다 조깅을 한다며 사라지는 그의 뒤를 밟아 그녀의 집도 알아냈다. 작은 담배 가게였다. 남편은 담배를 피우지 않기 때문에 담배 가게에 들를 이유가 없었다. 동이 터오는 담배 가게 앞에서 남편의 목소리를 엿들었다. 그의 나직한 목소리가 나무 문 사이로 웅웅거렸다. 여자의 헤픈 웃음소리와 은밀하고 불온한 작은 소음들이 그의 외도를 증명했다. 남편과 그의 가족은 흙탕물을 뒤집어쓴 표정으로 나를 바라보았다.

"거긴 칠십대 할머니 혼자 하는 가게야. 새벽에 문 여는 데는 거기뿐이라고. 몇 번을 설명해야겠어? 당신은 의부증이야. 질린다, 진짜."

남편의 목소리가 이명처럼 귀에 맴돈다. 엘리베이터에서 내려 내 방이 있는 복도 끝을 향해 걷는다. 현관문을 열고 들어서자 문 사이에서 무언가가 팔랑이며 떨어진다. 네 귀퉁이를 반듯하게 접은 쪽지다.

—더 이상 다가오지 마! 기회는 두 번 주지 않아.

　여러 가지 색깔을 섞어 마커펜으로 흘겨 쓴 글씨다. 그가 내 집을 알고 있다. 그리고 자신을 조여오는 나를 경계하고 있다. 내 의심이 틀린 게 아니다. 아직 주현은 안전하지 않다. 내 목숨도 불안하다.

　이튿날, 주현은 출근하지 않았다. 핸드폰으로 전화를 걸어도 받지 않았다. 새로운 파트타이머가 그녀의 계산대에 섰다. 주현이 계산대를 더럽게 썼다며 줄곧 험담했다.

　퇴근 후 주현의 고시원에 들렀지만 방문은 굳게 잠겨 있었다. 다음 날이 되어서야 나는 그녀가 죽었다는 소식을 들었다. 주현은 고시원과 멀리 떨어진 다른 구에서 발견되었다. 아파트와 대형 할인마트가 들어서 막 철거를 시작한 빈민가였다. 사람들은 이주비를 받아 벌써 몇 달 전 집을 비웠고 새벽녘 집 철거를 위해 모여든 인부들에 의해 주현이 발견되었다. 마트 직원들은 주현이 머리를 둔기로 맞고 온몸의 모든 틈새가 실리콘으로 정교하게 마감되어 있었다고 본 것처럼 떠들었다. 집에 돌아와 텔레비전을 켜자 모자이크 화면 속에 주현의 분홍색 투피스 자락이 비쳤다.

　가까운 사람의 죽음은 남편 이후로 처음이다. 물론 남편의 죽음은 온당했다. 그는 내가 의심의 눈길을 거두기도 전에 아침 조깅을 다시 시작했다. 여전히 담배 가게에 들르는 일도 잊지 않았다. 나는 그에게 친정에 가자고 졸랐다. 산골 벽지에 있는 친정집에 도착하자 귀가 어두운 부모님이 저녁을 짓고 있었다. 밤이 깊자 나는 어머니가 주무시는 방에 군불을 지펴달라 남편에게 부탁했다. 아궁이 앞에 앉은 남편은 구시렁거리며 핸드폰으로 슈팅 게임을 했다. 나는 그의 옆에 차곡차곡 장작을 쌓아주었다. 남편이 낮잠에 빠진 사이 뒷산에 올라가 밤나무를 베어 만들어놓은 것이었다.

그는 엄지로 액정을 터치해 여러 색깔의 물방울을 터뜨리며 작게 흰호했다. 눈은 게임에 고정한 채 이따금 생각날 때마다 손을 뻗어 밤나무 장작을 아궁이에 밀어 넣었다. 얼마 지나지 않아 부뚜막의 무쇠솥에서 하얀 김이 모락모락 피어오르며 물이 끓었다. 나는 살그머니 방에서 나와 남편을 바라보았다. 그가 몽롱한 눈으로 아궁이를 보다 툭, 핸드폰를 떨어뜨렸다.

"여보, 어지럽다. 왜 이렇게 어지러운 거지? 나 물 좀 줄래?"

나는 미리 준비한 생수병을 그에게 내밀었다.

"가져가."

내 말에 남편이 무릎을 짚고 몸을 일으켰다.

"못 걷겠어."

"한 걸음만 떼봐."

남편은 나를 향해 한 걸음 겨우 옮겼지만 이내 몸을 가누지 못하고 장작더미 위로 쓰러졌다. 밤나무는 장작감으로 쓸 수 없다. 그 연기를 맡은 사람은 마치 심한 뱃멀미를 하듯 속이 메스껍고 머리가 어지러워진다. 애석하게도 남편은 그 사실을 까맣게 몰랐다. 나는 솥뚜껑을 열고 남편을 일으켜 설설 끓는 물을 향해 머리를 밀어 넣었다. 숙인 목덜미가 금세 새빨개졌다.

모두들 그가 밤나무 장작 때문에 몸의 균형을 잃고 솥에 빠졌다고 생각했다. 피부가 짙은 회색으로 익은 그는 어머니가 발견했을 당시 이미 코와 입술이 뭉개져 있었다. 나는 그가 화장장에 들어갈 때까지 창자가 끊어지게 울고 또 울었다. 그건 꾸며낸 슬픔이 아니었다. 지난 세월, 그에게 속아 살아온 바보 같은 여자를 떠나보내는 장송곡이었다.

나는 함부로 사람을 의심하지 않는다. 소설가가 살인마인 것은 이미 자명하다. 목숨을 부지하기 위해서는 더 이상 그의 곁에 다가서지 않는 것이 옳다. 나는 짐을 꾸리기 시작한다. 고향 집에서 제 아버지가 빠져 죽은 솥으로 지은 밥을 납죽납죽 받아먹을 딸과 그 밥을 지을 백내장 걸린 어머니가 눈에 아른거린다. 내일 아침 사직서를 내고 버스터미널로 떠날 생각이다. 옷장 안의 옷가지를 트렁크에 담을 즈음, 누군가 벨을 누른다.

"나 기억하죠? 택시에서 잠깐 대화를 나눴는데⋯⋯."

도어폰 화면에 소설가의 어머니가 비친다. 그녀가 어떻게 여길 찾아왔을까. 아들의 범행을 알고 있는 걸까.

"꼭 해야 할 얘기가 있어요. 5분이면 됩니다."

잠시 머뭇거리다 문을 연다. 주현의 문제일지 모른다는 생각이 스친다. 소설가를 제외하고 가장 마지막에 주현을 본 것이 그의 어머니니까. 주현이 그녀에게 내 이야기를 한 걸까.

"고맙군요. 열지 않으면 어쩌나 걱정했어요."

집 안으로 들어서는 부인의 얼굴에 깊은 그늘이 져 있다.

"저를 아세요?"

나는 옷가지로 어질러진 소파를 치우고 그녀를 앉게 한다.

"아무것도 내올 필요 없어요. 용무가 끝나면 바로 일어설 테니까."

한참을 어정쩡하게 서 있다 나도 그녀 맞은편에 앉는다.

"여긴 어떻게……."

"아들 여자친구가 얘기해줬어요."

"같이 마트에서 근무했다죠? 보아하니 외출할 모양이군요. 늦기 전에 찾아오길 잘했다 싶네요."

부인은 잠시 자신의 입술을 깨물다 눈물 맺힌 눈으로 나를 응시한다.

"윤서가 오랜만에 연애다운 연애를 했어요. 그렇게 빠질 줄은 몰랐죠. 여자친구가 생겨도 생전 입 밖으로 낼 줄을 모르는 아이였는데 웬일인지 어제 주현 씨를 소개하더군요. 참 반듯하고 착한 여자라고 생각했어요. 아들은 주현 씨의 흠까지도 막힘없이 내게 말하더군요. 그러고는 모든 걸 극복하고 결혼하겠노라 선언했어요."

부인의 눈에서 눈물 한 방울이 떨어진다. 그러곤 목이 메는지 잠시 말을 잇지 못한다. 그녀가 핸드백을 열어 무언가를 꺼낸다. 그것은 눈물을 닦아낼 손수건이 아니다. 미트 해머다. 고기를 얇

38

게 펴는 용도의 주방 도구. 만원 내외면 마트에서 얼마든지 구입할 수 있는, 소설가가 어제 산 바로 그 물건이다.

"중국산인가, 생각보다 가볍네요."

부인은 자리에서 일어나 내가 비명을 지를 틈도 없이 빠르게 미트 해머로 내 정수리를 내리친다. 뜨뜻한 핏물이 얼굴로 흘러내리고 몸이 축 처진다. 아직 의식은 살아 있지만 곧 끊기리라는 생각이 든다. 벨소리가 들린다.

"윤서네요, 고통스럽겠지만 잠깐 기다려주세요. 앤 내가 없으면 아무것도 하지 못하는 아이거든요."

피는 쉴 새 없이 흘러나왔고 부인은 아랑곳없이 핸드백 안에서 핸드폰을 꺼내 통화를 한다.

"어떻게 알고 왔어? 넌 안 와도 돼. 엄마 혼자 할 수 있다니까. 너 혹시 주현이 때문에 엄마한테 삐친 거니? 정말 그런 거야? 우리 강아지 그랬구나. 그럼 올라오렴. 이제 막 시작하려던 참이야. 현관문 열어놓을게."

핏물이 눈으로 스며들며 사방이 시뻘겋게 보인다. 부인이 현관문의 잠금장치를 해제하고 내 곁으로 돌아온다. 잠시 후 현관문 열리는 소리가 들린다.

"윤서야, 슬리퍼 신고 들어와. 바닥이 온통 피네. 헤매지 않았어?"

슬리퍼를 꿰어 신은 소설가의 발이 보인다.

"어제 경고문 붙이러 한 번 왔었거든. 엄마 핸드폰 위치 추적

하니까 딱 여기더라고. 근데 주현이도 이렇게 한 거야? 되게 아프겠는데."

핸드백에서 위생 장갑을 꺼내 아들에게 내민 부인이 내 머리를 쓰다듬는다. 소설가도 위생 장갑을 끼고 내 정수리에 벌어진 상처를 손가락으로 눌러보는 듯하다.

"아냐, 주현인 한 방 맞고 바로 갔어. 아플 새도 없었지. 우리 아들 착하기도 하지. 봐요, 앤 내 말이라면 뭐든 믿고 따른답니다. 당신, 우리가 처음 만난 날 기억해요? 윤서야, 혜영이라고 했던가? 그 머리 긴 아가씨. 개랑 한창 만날 때 당신을 처음 봤어요. 오피스텔 앞에서 그 앨 미행하려고 택시를 돌려 다시 돌아왔는데 당신이 그 택시에 타더군요. 그때 직감했죠. 당신이 윤서의 스토커이거나 우리 비밀을 알고 있는 사람, 둘 중 하나라고. 두 번째 만난 건 내가 당신의 뒤를 밟기 시작한 첫날이었어요. 천천히 당신 뒤를 따르다 합승했죠."

정신이 혼미해졌지만 부인은 내가 숨이 끊어질 때까지 기다릴 모양이다. 그녀는 걸레로 방바닥의 핏자국을 닦으며 지난 일들을 독백처럼 털어놓는다. 어린 시절부터 낯가림이 심했던 아들, 그에게는 친구가 없었다. 학교에서 돌아오면 어항 속 금붕어를 바라보는 것만이 취미였다. 어느 날, 소설가는 어항 속에 빙초산 한 병을 쏟아부었다. 금붕어들은 무디게 지느러미를 흔들다 곧 죽어버리고 말았다. 늘 풀어진 눈길로 세상을 바라보던 그가, 자신의 손이 작은 생명을 좌우할 수 있다는 것에 눈을 반짝였다. 그러곤 시큼하고 비릿한 물속에서 죽은 금붕어를 꺼내 햇볕이 잘 드는 베란다에 말리기 시작했다. 부피가 줄어 조금 큰 멸치 정도로 마른 금붕어를 마치 살아 있는 장난감처럼 갖고 놀던 일화를 부인은 담담히 이야기한다.

"그때 깨달았죠. 스스로 뭔가를 하게 만들려면 자극이 필요하다는 걸."

부인은 아들에게 작은 애완동물을 사주었고, 아들이 질릴 무렵에는 창의적으로 그것들을 살해하는 방법을 연구하도록 숙제를 내주었다. 두 가지 이상의 물건을 아들이 직접 선정해 이용 방법을 연구해 오면 부인이 아들 앞에서 그걸 실행에 옮기곤 했다. 강아지, 고양이, 햄스터를 주방 기구와 학용품으로 고문하다 죽이고 나면 아들은 이내 새로운 생명을 원했다. 이제 그에게 작고 나약한 생명은 지루하기만 했다.

"그래서 택한 게 내가 다니던 산부인과 간호사였어요. 처녀들은 산부인과를 겁내잖아요. 하지만 아무 여자나 아들에게 내밀 수는 없었죠. 산부인과 간호사라면 더러운 병을 옮길 염려도 없고 신분도 확실하니까요."

자신이 다니던 병원의 간호사를 미행하던 부인은 그녀가 퇴근 후 매일 타는 버스 번호를 소설가에게 알려주었다. 남자가 친절을 베풀자 간호사는 쉽게 넘어왔다. 둘은 공원과 커피숍과 극장을 돌며 데이트를 하다 좀 더 깊은 사이로 발전하게 됐다. 그녀는 그의 첫 번째 인간 실험 과제물이었다.

"지루한 얘기죠? 보통 우린 이렇게 구구절절하게 지난 사연을 늘어놓진 않습니다. 오늘은 좀 특별한 경우죠. 나는 아들의 스토커이자 연쇄살인마인 당신을 찾아와 정중히 타이르려 한 겁니다. 그런데 당신이 나를 공격한 거고요. 뒤늦게 달려온 아들이 그 광경을 목격하고 정당방위를 하게 된 겁니다. 우린 당신 목을 조르거나 칼을 휘두르는 파렴치한 모자가 아닙니다. 살기등등한 여잘 제압하기 위해 어쩔 수 없이 정당방위를 한 거지요. 이제 아들이 저 해머로 내 머리를 가볍게 내리치고 경찰을 부를 겁니다. 당신의 수첩 어딘가엔 윤서네 집 주소와 연락처가 남아 있을 테지요? 게다가 당신은 이렇게 짐까지 싸고 있었으니 도주를 결심했다는 게 명백합니다."

부인은 힘없이 축 늘어진 내 손을 들어 손가락을 감싸 쥐고 자신의 팔등에 긴 손톱자국을 긋는다. 그러고는 피 묻은 미트 해머를 소설가에게 건넨다. 순간, 소설가의 눈이 반짝 빛을 발한다. 미트 해머를 받아 쥔 소설가가 부인의 등 뒤로 자리를 옮긴다. 잠시 후 퍼억, 하는 소리와 함께 부인이 내 옆으로 쓰러진다. 그녀의 뒤통수가 구겨진 함석처럼 움푹 함몰되어 있다. 푹 꺼진 두개골 안에서 미트 해머가 천천히 떨어져 나오기 시작한다. 즉사다. 빛을 잃은 부인의 우멍한 눈동자가 내 정수리를 향해 있다.

"금붕어를 죽이는 건 곧 지루해졌어요. 털 달린 짐승도 금세 흥미를 잃었고요. 이제 애인을 죽이는 일도 예전처럼 신나고 재밌지 않네요. 근데 어머니를 죽이고 나니 다시 옛날로 돌아간 것 같아요. 어항에 빙초산을 탄 그날로요. 그때처럼 짜릿한 일이 또 있을 줄이야. 하지만 아쉽네요. 어머니가 한 명뿐이니 이제 그 재미도 없겠죠."

소설가는 부인의 핸드백에서 무선 글루건을 꺼내 내게 다가선다. 전원 버튼을 켜고 실리콘이 녹기를 잠시 기다린 뒤 내 입술에 뜨거운 그것을 가져다 댄다.

"이건 제가 사 온 것들이죠. 어머닌 언제나 제게 숙제를 주셨어요. 남들처럼 하지 말고 좀 더 새롭고 창의적인 걸 생각해내라 말씀하셨죠. 그래서 숙제를 하기 위해 마트에 들렀던 겁니다. 어머니는 잔소리가 심했어요. 짧은 기간이었지만 주현이는 언제나 나를 어머니처럼 챙겨주면서도 어머니처럼 이래라저래라 하지 않았죠. 그녀가 죽은 건 정말이지 슬픈 일이에요. 이제 난 어떻게 하죠? 어머니가 살아계셨다면 물어볼 수 있을 텐데."

콧구멍에도 실리콘이 꾸역꾸역 밀려들고 있다. 숨을 쉴 수 없자 의식이 흐려지기 시작한다. 소설가는 가볍게 한숨을 쉬고는 내 눈꺼풀에도 실리콘을 바른다. 점점 좁혀지는 시야 속으로 어린 소년 같은 소설가의 얼굴이 들어온다.

소설가, 아니 우유부단한 거짓말쟁이 살인마는 2주 후에도 마트에 갈까. 그렇다면 그의 쇼핑 카트에는 어떤 물건들이 담길까. 수많은 물음표로 머릿속이 가득 메워진다. 하지만 내 목숨은 이제 2초도 남아 있지 않다.

1초, 2초. 이젠 안녕.

데우스 엑스 마키나

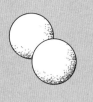

웬만하면 피하고 싶은 자리였다. 하지만 선택의 여지가 없었던 건, 학교 앞에 그나마 번듯한 식당이 이곳뿐인 탓이다. 교무회의가 끝나자 학과장은 당연하다는 듯 교강사와 조교들을 이끌고 점심은 짜장면으로 통일하자며 호기롭게 앞장섰다. 어렴풋한 내 기억 속 짜장면의 맛은 아주 달콤하고도 고소했다. 소아당뇨에 걸렸다는 걸 알기 전, 아마도 초등학교 입학식에 맛봤을 터였다. 짜장면은 분명 내가 좋아하는 맛이었고, 그래서 더는 맛볼 수 없는 음식이었다. 나의 췌장은 국수나 라면, 빵, 흰밥 따위를 먹고도 거뜬히 혈당을 누그러뜨릴 만큼 건강하지 않으니까.

식탁 위에 뜨거운 재스민 차와 메뉴판이 놓였다.

"전 볶음밥으로 할게요."

짜장면으로 통일시키고 싶어 했던 학과장이 부루퉁한 얼굴로 나를 바라보았다.

"유 교수, 이 집은 짜장면을 잘해. 중국집에 왔으면 짜장면을 먹어야지. 그게 룰이라니까."

몇 주 전, 학과장은 설렁탕집에서 내 뚝배기에 깍두기 국물을 부은 적이 있었다. 그때 정색하고 성내지 않은 게 내내 후회되었다. 한마디만 더 하면 자리를 박차고 일어서야겠다고 마음먹은 순간 핸드폰이 진동했다. 엄마였다. 지긋지긋하게 재발하는 신경통 얘기이거나 맞선 제안일 게 뻔했지만 자리를 벗어날 구실을 만들 수 있을 것 같았다.

"김 조교, 내 식사 주문 넣지 마. 급한 전화라."

나는 옆자리에 앉은 조교 우재에게 귀엣말을 남기고 전화를 받았다.

"죄송합니다. 식사 맛있게 하세요. 엄마, 지금 병원이라고? 아니 어쩌다……."

나는 조용히 의자를 빼고 자리에서 벗어나 문을 밀고 나왔다. 학과장의 혀 차는 소리가 뒤통수에 따라붙었다.

"염병, 뭐라는 거니? 루테인 좀 주문해달라니까 무슨 병원이래!"

나는 엄마의 수다에 건성으로 대답을 해주며, 중식당 앞 샐러드 카페에서 도시락 하나를 주문했다. 포장을 기다리는 동안, 중식당에서 풍겨오는 짜장면 냄새를 맡았다. 기름에 튀겨낸 진한 춘장과 큼직하게 썬 채소와 돼지고기, 알맞게 익어 쫄깃하고 윤기 도는 면 가락이 연상되었다. 좋아하는 것을 선택할 수 없는 삶은 끝없이 좌회전만 거듭하는 미로처럼 지루하고 고단할 뿐이었다.

지갑을 꺼내 도시락값을 치렀다. 숄더백 안에 삼베로 만든 향낭이 비상 점멸등처럼 뜨문뜨문 빛을 냈다. 내게 향낭은 귀신 내비게이션이었다. 그게 빛난다는 건 가까운 어딘가에 귀신이 있다는 의미였다. 고개를 들어 중식당을 바라보았다. 식당 앞에 귀신 서넛이 줄지어 있었다. 그들도 나처럼 좋아하는 것을 가질 수 없는 사람들이었다.

"얘, 수현아! 너 요즘도 밤에 드라이브 다니고 그러니? 잠도 많은 애가 대체 왜 그러는 건데. 야, 이 기지배야. 어미가 듣기 싫은 말을 하더라도 대꾸는 해야 할 거 아냐."

무스탕 코트에 부츠를 신은 건장한 청년이 중식당 앞에 섰다. 문틈 사이로 퍼지는 짜장면 냄새에 고개를 들이밀고 있던 귀신들이 일순 흩어졌다. 전봇대를 타고 오르거나 지나가는 자전거 바퀴에 매달려 도망치는 귀신도 있었다. 청년이 고개를 조금 틀어 나를 바라보았다. 과연 귀신조차 두려워할 만큼 핏발이 선 허연 눈동자였다. 청년이 중식당 문을 열고 들어갔다. 다시 귀신들이 식당 앞으로 모여들기 시작했다. 달콤한 짜장면의 냄새를 그 애도 그리워하고 있을까.

*

　그 아이, 다정은 3년 전 실종되었다. 그날의 기억은 마치 어제처럼 선명하다. 축제 뒤풀이 자리에서 흠뻑 취한 나는 천한 본성을 드러냈다. 이른 나이에 등단과 임용, 그리고 베스트셀러 작가가 되기까지 거침없이 이뤄낸 성과에 한껏 도취돼 있던 시절이었다. 나는 제자들에 둘러싸여 문학판의 뒷얘기를 떠들고 끊임없이 잔을 들어 건배를 청했다. 그날 밤 취하지 않은 사람은 다정뿐이었다. 글도 곧잘 쓰고, 성적도 상위권이었지만 유독 조용하고 예민해 보이는 제자였다. 그날 난 다정에게 해선 안 될 말을 했다.

　"안다정, 너 잔 받아놓고 고사 지내니? 문창과 다니는 사람은 술도 좀 퍼마실 줄 알아야 하고, 진탕 연애도 해봐야 하고, 죽을 만큼 외로워봐야 소설이란 게 손에 잡혀."

　나는 빈 맥주잔을 끌어당겨 다정 앞에 놓고선 소주를 채웠다.

　"교수님, 저 술 진짜 못 마셔요."

　나는 소주를 채운 잔을 다정의 손에 억지로 쥐여주었다.

　"그런 게 어딨어? 난 1형 당뇨라 술 먹으면 큰일 난다고 의사가 말리는데도 마시거든. 너 엄마 아빠 말 되게 잘 듣는 착한 딸이구나? 그럼 문학 하기 힘들어."

　병명을 알게 된 지 20년이 넘었지만 이따금 나는 나를 제어하지 못했다.

"저, 부모님 안 계세요. 그러니까 혼자라서 더 조심하려고요."

일순 동기들 사이에 어색한 침묵이 내리깔렸다.

"아하, 우리 다정이가 고아였구나. 애, 그거 예술가한텐 큰 어드밴티지야. 난 아무리 갈망해도 얻지 못할 심연의 고독을 넌 이미 가졌잖아. 고독한 소설가 지망생, 나랑 건배 한 번 하자. 안 마시면 너 점수 깎을 거야."

침묵을 깨고 다정의 손을 끌어당겨 잔 테두리를 맞추었다. 그날 그 애는 몸을 가누지 못할 만큼 취해버렸고, 나는 무책임하게도 자리에서 먼저 일어섰다. 그리고 이튿날 아침에 눈을 떠 새벽에 온 문자메시지를 확인했다.

―겨수ㄱ님 저 ㄴㅔ일 학교 못가거 같아요 너무 고독ㅎㅐㅅ ㅓ 아무라도ㅡㄴ 따라가려고오

새벽 3시에 다정은 너무 고독한 나머지 누군가를 따라가버렸다. 그러곤 지금껏 돌아오지 않고 있다. 나는 다정이 어디선가 생을 마감했다는 걸 알 수 있었다. 그건 육감이나 예지력이 아니었다. 수없이 경찰에 문의한 다정의 생활반응, 그리고 기간별 실종자 귀가 통계자료에 근거해 내린 결론이었다.

나는 다정의 시신이라도 찾기로 마음을 바꾸었다. 전국의 시신 안치소를 드나들며 무연고 시신을 확인했다. 그러나 스무 살의 꽃다운 처녀가 행려자로 발견되는 일은 극히 드물었고, 인상착의가 비슷하단 얘기에 제주도와 마산, 원주까지 달려갔다. 그때마다 다정이 아니기를 바라면서도 그 애를 만나고 싶다는 상

반된 감정에 휩싸이곤 했다. 그러다 만나게 된 사람이 나를 이 길로 인도했다.

대전의 한 안치실 복도였다. 벽에 기댄 채 묵주를 쥔 손을 달달 떨고 있는 수녀가 눈에 들어왔다. 언뜻 내 또래로 보이는 얼굴이었다. 숙연한 마음에 고개를 숙이고 그 곁을 빠른 걸음으로 지나쳤다. 순간, 코를 찌르는 강렬한 향이 복도를 가득 메웠다. 수녀가 향을 지녔을 리는 없고, 다른 층 장례식장에서 흘러나온 향내겠거니 짐작했다.

"저…… 나 좀 봐요."

수녀가 내 옷자락을 건드렸다. 흠칫 놀라 그녀를 돌아보았다. 나보다 한 뼘은 작은 키에 뺨이 허룩하게 마른 얼굴이었다.

"사람 찾으러 다니고 있죠?"

"그건 어떻게……."

"다른 안치실에서도 그쪽 본 적이 있어요. 이거 줄게요. 난 이제 필요 없어졌으니까."

수녀가 호주머니에서 작은 향낭 하나를 꺼내 내게 건넸다.

"여기서 향내가 났군요."

그제야 진한 향내의 진원지를 알아차렸다.

"나도 지금처럼 안치실에서 만난 어떤 아주머니가 주신 거예요. 덕분에 잃어버린 사람을 찾았으니 이젠 당신이 써요."

"향으로 사람을 찾을 수 있다고요?"

수녀의 말이 좀처럼 믿기지 않았다.

"종교인이 할 말은 아니지만, 이걸 지니고 있으면 귀신이 보여요. 더 이상 살아 있다고 믿어지지 않는 사람을 산 사람들 속에서 찾을 순 없죠. 그래서 귀신들에게 물었어요. 내가 찾는 그 사람의 영혼이 어디 있는지."

거짓말이기엔 이야기가 구체적이었지만 믿기 어렵고 황당하긴 마찬가지였다.

"물어보면 가르쳐주던가요?"

"네, 그래서 내가 돌보던 아이를 오늘 찾은 거예요. 그걸 가르쳐준 귀신도 주님의 은총으로 이승을 벗어날 수 있었고요."

향낭에서 노르스름한 빛이 흘러나왔다.

"안에 든 게 뭐죠?"

"푸른 사향노루의 사향샘이라고 하더군요. 너무도 귀한 물건이니 절대 남에게 빌려줘선 안 됩니다. 혼자만 알고 있어요. 그보다 귀신들에게 답을 얻으려면 그들이 원하는 걸 한 가지 들어줘야 해요. 그것만은 꼭……."

수녀의 눈시울이 다시 붉어졌다. 그녀는 대체 어떤 죄로 누구를 잃었기에 한 줌이 되도록 야위어 안치소를 떠돌았던 걸까. 나는 빛이 일렁거리는 향낭을 손에 꼭 쥐었다. 그러자 복도를 가득 채운 남루한 복장의 영혼들이 하나둘 드러났다. 수녀의 곁에 열 살배기 소년이 바짝 붙어선 모습이 보였다. 비록 추레한 복색이었지만 소년은 환하게 웃으며 수녀의 허리에 팔을 감았다. 그리고 말했다.

"수녀님, 나 있잖아. 다시는 친부모님 만나러 안 갈래. 날 보자마자 무척 화를 냈어. 하마터면 죽는 줄 알았다니까."

수녀가 서럽게 어깨를 들썩였다.

*

나는 강의 시간 동안 지저분해진 화이트보드를 지웠다. 내내 꾸벅거리며 졸던 남학생이 부스스 잠에서 깨 손으로 입을 가리고 하품을 했다. 화이트보드에 '눈(雪)'이라 썼다.

"오늘 읽은 작품 결말에 눈이 쏟아졌습니다. 문학작품에서 눈은 고난이나 시련을 상징하기도 하지만 여기선 정화의 의미로 사용됐죠. 작가는 주인공이 느끼는 죄책감을 눈으로 정화하며 새로운 성장 가능성을 제시한 겁니다. 자…… 질문 있나요?"

대개는 질문하는 학생이 없었다. 세 시간 연강은 교수도 학생도 지치기 마련이니까.

"질문 없으면 오늘은 이만 끝냅시다. 다음 시간은 기말고사니까 시간 엄수하세요."

수업을 마무리 짓고, 지각생들이 출석 체크를 하느라 몰려들었다. 저녁 아르바이트를 하는 학생들이 부리나케 강의실을 빠져나갔고, 몇몇은 책상에 걸터앉아 심심파적 잡담을 나눴다.

"교수님!"

강의실을 나서자, 앞머리만 더듬이처럼 탈색한 긴 생머리의 조예슬이 종종걸음으로 다가왔다.

"응, 예슬이 무슨 일?"

반투명하다시피 맑은 피부에 살구색 입술은 영락없는 스무 살이었지만 짙다 못해 무거워 보이는 속눈썹 아래 눈동자는 어딘가 달관한 노인처럼 깊은 아이였다.

"저기 소금물……."

"응?"

내가 되묻자 예슬이 호주머니에서 약포지 하나를 꺼냈다.

"이게 뭐니?"

"천일염이요. 가끔 필요한 일이 있어서 갖고 다녀요. 그거 물에 타서 입에 잠깐 머금었다 뱉으세요."

예슬이 태연하게 가글하는 시늉을 했다.

"왜 그래야 하지?"

"지금 어깨 뻐근하지 않으세요?"

"조금."

"얘기하자면 좀 복잡한데, 그냥 한번 해보세요. 전 효과 보거든요."

예슬이 내게 천일염이 든 약포지를 건네곤 수인사를 한 뒤 경쾌한 걸음으로 복도를 달려갔다. 나풀대는 머리카락, 새까만 운동화 밑창, 노란 리본이 달랑거리는 그 애의 백팩을 보며 나는 자그맣게 속삭였다.

"너…… 뭔가 볼 줄 아는 애구나."

향낭이 없어도 귀신을 볼 줄 아는 사람들이 있었다. 제대로 신내림을 받은 무당은 당연했고, 보통 사람 중에도 영안이 트인 경우가 종종 있다고 했다. 예슬이라면 좀 더 대담한 방식으로 귀신과 접촉하고 대화하는 일이 가능할지도 몰랐다.

"교수님, 이제 퇴근하시는 거예요?"

연구실을 나와 주차장으로 향하는 길에 우재를 만났다. 그 역시 퇴근 시간이었다. 수염 자국 없이 매끈한 턱과 셔츠가 빠듯하게 벌어진 어깨, 부유하게 자라 귀티 흐르는 얼굴이 그의 시보다 매력적이었다. 우재는 대학원에서 민속학을 전공하며 짬짬이 시를 쓴다고 했다. 지방 신문사에서 한 차례 등단을 했지만 원고 청탁이 없어 다시 등단을 준비한다고.

"날씨가 갑자기 추워졌네. 같이 가자. 학교 앞에 내려줄게."

"감사합니다!"

"나 담배 한 개비만 피울게."

나는 숄더백을 열며 주차장 앞 흡연실로 들어갔다. 우재가 몇 걸음 떨어져서 머쓱한 얼굴로 나를 바라보았다.

"김 조교는 피울 줄 몰라?"

"전 술도 못 마시잖아요. 1학년 오티 따라갔다가 소주 한 잔 마시고 녹다운돼서 아직도 놀림받아요."

"아, 1학년에 조예슬 있지?"

우재라면 예슬에 대한 정보를 더 알지도 몰랐다.

"네, 조예슬 압니다."

"어떤 학생이야?"

"출석률 좋고 예의 바른 것 같아요."

"집이 서울인가?"

"아뇨, 자취한대요. 저기 학교 앞 고시텔 보이시죠?"

우재가 가리킨 곳은 학교 앞 연구동과 마주 선 위치였다.

"저기 산대?"

"네, 독서실 총무처럼 알바하면서 방을 쓴대요. 부모님이 일찍 돌아가셔서 어려운 모양이에요."

뜨문뜨문 불이 켜진 고시텔을 바라보며, 나는 몇 모금 빨다 만 담배를 비벼 끄고 약포지를 찢었다.

"약 드세요?"

우재가 물었다.

"비슷해."

나는 천일염을 입안에 털어 넣은 뒤 숄더백에서 생수를 꺼내 입을 헹궈 뱉었다. 우재가 고개를 갸웃거리며 미소 지었다.

"교수님, 이거 뭔가 샤머니즘 의식 같은데요."

"김 조교, 촉 좋네."

오후 내내 어깨를 짓누르던 통증이 사라졌다.

"촉은 교수님이 좋으신 거 같은데요. 작년에 계간지에 발표하신 단편 「월하택시」 읽었어요. 밤마다 귀신을 실어 나르는 택시 기사 얘기요. 이거 혹시 교수님의 자전적 얘기 아닐까 상상해봤어요. 진짜 귀신 같은 거 본 적 있으시죠?"

나는 우재를 차 옆자리에 태우고 시동을 걸었다.

"작가와 작품은 별개라고 하지만 난 완전히 별개인 경우는 못 봤어."

설명을 보태고 싶지 않았다. 눈치가 빠른 사람이니 이쯤에서 호기심을 멈춰주길 바랐다. 시트에 열선을 켜고, 숄더백에서 향낭을 꺼내 룸미러에 걸었다.

"역시 뭔가 있군요. 저 이번 학기에 신화 연구하면서 자료 찾다 보니까 이런 삼베 주머니도 샤머니즘 의식에서 자주 쓰이더라고요."

"향낭이야. 안엔 푸른 사향노루의 사향샘이 들었다고 하더라."

"아무 냄새도 안 나는데요. 게다가 푸른색 사향노루가 진짜 있어요?"

향낭은 간절히 누군가를 찾는 사람 앞에서만 발동했다.

"나도 좀 알아봤는데, 세상에 딱 한 마리가 있었대. 누구도 그 녀석이 뭘 먹고 어디 사는지 몰랐다고 하더라. 이를테면 전설 같은 존재지. 나도 안을 들여다본 적은 없어."

"아아…… 이런 건 어떻게 구하신 거예요?"

"그 얘긴 나중에 하자. 사연이 길거든."

차를 출발시켰다. 더는 푸른 사향노루에 대해 말할 수 없었다. 그건 우재가 아니라 누구여도 마찬가지다. 세상에 단 한 마리였고, 이제는 완전히 사라진 그것을 가진 사람은 입이 무거워야 한다고 말해준 사람 탓이었다.

나는 네 개의 사거리를 지나 우재가 다니는 대학원 앞에 그를 내려주었다. 사근사근하게 웃으며 인사하는 그에게 손을 흔들어주고 천천히 도심을 빠져나왔다. 집과 점점 멀어지고 있었지만 이것도 하루의 일과 중 하나이니 고단해도 피할 수 없었다.

시 외곽의 국도에 접어들자 상점과 아파트들이 줄어들었다. 초겨울의 해는 짧았고, 아직 9시도 되지 않았지만 위성도시 변두리는 한산했다. 운전을 하는 틈틈이 향낭을 바라보았다. 아직 기척이 느껴지지 않았다. 허기를 채워야 할지 더 운전해야 할지 고민하며 마을버스 한 대를 앞질렀다. 그때, 아무 냄새도 풍기지 않던 향낭에서 묵직하고 부드러운 향이 나기 시작하더니 곧 차 안에 가득 퍼졌다. 삼베 주머니의 성긴 올을 뚫고 노란 전구처럼 밝은 빛이 쏟아졌다. 차를 세워야 한다는 신호였다.

갓길에 차를 세우고 비상 점멸등을 켰다. 그리고 오늘의 손님을 기다렸다. 1년 넘게 해온 일이지만 여전히 이 순간만큼은 긴장이 됐다. 나는 뻑뻑한 눈에 인공누액을 떨어뜨리고 핸들을 바투 쥐었다. 그때 누군가 뒷좌석 창문을 두드렸다.

"저기요, 운행하세요?"

흰 티셔츠에 남색 카디건, 크로스백을 멘 청년이었다. 어딘가 낯익은 얼굴이었다. 제자들 중 한 명이었나 싶어 유심히 살펴보았지만, 선뜻 떠오르는 이름이 없었다.

"네, 그럼요. 타세요."

내가 대답하자 청년은 무척이나 기쁜 표정을 지으며 뒷좌석 문을 열고 앉았다.

"택시가 어찌나 안 잡히던지……. 집에 못 가는 줄 알았어요. 고맙습니다."

스무 살에서 스물두 살쯤 되어 보이는 청년이 안경을 벗어 앞섶으로 쓱쓱 닦으며 살갑게 인사를 건넸다.

"어디로 모실까요?"

내비게이션에 타이핑할 준비를 하며 물었다.

"태화연립이요. 가련동 빗물펌프장 근처예요."

나는 내비게이션에 태화연립을 타이핑했지만 나오지 않았다. 가련동 빗물펌프장 근처엔 주거단지가 없었다.

"잠시만요."

핸드폰을 들어 태화연립과 가련동 빗물펌프장을 키워드로 검색했다. 그러자 2006년 12월 7일 날짜로 태화연립 화재 사건 기사 몇 개가 떴다. 공장 도산과 아들의 실종으로 낙심한 가장이 방화를 저질러 그와 아내가 사망했고, 생존자는 장남뿐이었다. 그 사건을 계기로 노후된 태화연립은 철거 수순을 밟았다.

"기사님, 차에 달아놓은 그 기계, 꼭 컴퓨터 모니터 같네요. 신기하다."

청년은 15여 년 전의 망자였다. 나는 어떻게 해야 할까 잠시 망설이다, 목적지에 도착하지 않으면 이들은 내 차에 지박령이 되어 영영 들러붙는단 사실을 떠올리곤 액셀을 지그시 밟았다.

차가 묵직한 어둠을 밀고 나갔다.

"출발합니다."

태화연립이 사라졌어도 그 자리에 가면 무언가 청년을 기다리고 있을지도 몰랐다. 그는 오늘 밤 나의 손님이고 나는 그의 충직한 드라이버가 되기로 했으니 달리는 수밖에 없다. 청년이 살아 있었다면 나와 비슷한 연배일 터였다. 금융위기의 직격탄을 맞은 부모들은 서둘러 아들들을 군대에 보냈고, 취업이 막막한 졸업반은 다단계 사무실에 줄지어 앉아 허황된 미래를 꿈꾸던 시절이었다.

"군대는 갔다 왔어요?"

청년은 어느 쪽이었을까.

"입영 신청은 했는데 대기자가 한참 밀려서 언제 갈지 모르겠어요."

창밖을 물끄러미 내다보는 청년의 모습이 차창에 비치지 않았다. 내 차는 보통 사람들의 눈엔 흔해빠진 검은색 세단으로 보이지만, 향낭을 걸어놓으면 망자들에겐 택시로 보인다. 차를 이용하는 승객들은 각자 이런저런 사정이 있어 저승으로 넘어가지 못한 영혼들이었다. 그 탓에 주로 무연고자나 범죄 희생자들이 타기 마련이라 이렇게 젊고 건장한 청년은 무척이나 오랜만이었다.

어느덧 차는 가련동 빗물펌프장을 3킬로미터 남긴 거리에 도착했다. 자정이 가까웠고, 부슬비가 흩뿌리기 시작했다.

"이 길 기억나요?"

나는 내비게이션의 안내를 따라 핸들을 꺾으며 물었다.

"토요일이라 그런지 공장이 다 닫았네요. 이쪽 길로 쭉 빠우 공장이 이어지거든요. 스테인리스에 광내는 공장이요."

도시에서도 가장 빈민이 많은 지역이었다. 공장단지가 있었지만 쇠락한 지 오래였다. 가로등이 없었다면 유령도시라 해도 믿을 법했다.

"뭔가 다르네요."

청년이 불안한 표정으로 풍경을 바라보았다.

"뭐가요?"

"이 도로요. 원랜 차선이 두 개뿐이었고, 좌우로 공장이 있어야 하는데 4차선이잖아요. 게다가 아침까지만 해도 없던 가게가 생겼어요. 저 건물들도 못 보던 거예요."

진실을 말해야 할까. 하지 않는다 해도 내게 불이익이 생기는 건 아니었다. 엄밀히 따지자면 난 진짜 택시기사처럼 운전자에 지나지 않는다. 길 잃은 귀신을 목적지까지 데려다주면, 그날 밤 가족의 꿈에 영령이 나타나 그간 건네고 싶었던 메시지를 전한다고 한다.

"이 정도 거리면 우리 집이 보일 만도 한데 아무것도 없어요. 기사님, 하루 사이에 무슨 일이 일어난 걸까요."

진실을 말할지 말지 고민되는 건 그가 다른 귀신들과 달리 목적지가 사라진, 지극히 운 나쁜 케이스이기 때문이었다. 이대로 청년을 내려주면 다시 새로운 땅에 발이 묶일 게 뻔했다. 그렇게 오래 묵은 귀신은 한과 원이 쌓여 악귀가 되고 만다.

"손님, 사실…… 사실 말이죠……."

이런 이야기를 하는 것에 무감해질 때도 되었지만 여전히 마음이 거북했다.

"진짜 제가 죽은 건가 봐요. 사람들 말이 맞았어요."

뜻밖의 대답이었다. 그는 자신이 죽은 걸 알고 있었다. 룸미러로 본 청년의 얼굴이 달처럼 차갑게 식어 있었다.

"누가 그런 말을 했어요?"

"저랑 같이 택시를 기다리던 사람이 몇 명 있었어요. 사실 우린 죽은 거고 시신조차 찾지 못해 실종 처리된 귀신이라고요. 그땐 안 믿었죠. 전 배가 고프고 소변이 마렵거나 다리가 아프기도 했거든요. 그런데 지금 생각해보니 밥을 먹은 기억도 없고, 화장실에 다녀온 것도 아닌데 모든 욕구가 깨끗이 사라졌네요."

청년의 목소리는 생각보다 차분했다. 그가 양손을 들어 올려 마른세수를 했다. 그러자 귀와 코에서 붉은 흙이 후두두 떨어졌다. 관조차 없이 맨땅에 시신이 묻힌 귀신들에게서 종종 보이는 현상이었다.

"그걸 말해준 사람들은 어떻게 됐어요?"

"다른 택시를 탔어요."

다른 택시는 없었다. 푸른 사향노루는 세상에 단 한 마리였고, 이젠 내가 갖고 있으니까. 불길한 기운에 입안이 바짝 말랐다.

"혹시 택시기사를 봤나요?"

"네. 근데 기사님처럼 평범한 외모는 아니었어요. 남자였고, 검은색 후드티에 한밤중인데도 선글라스를 쓰고 한쪽 얼굴에 뱀 문신이 있었어요."

향낭도 없이 귀신을 실을 수 있는 자라면 대단한 영력이 있거나 인간이 아닌 귀신일 터였다. 마지막 질문이 남았다. 나는 핸드폰 앨범에서 다정의 증명사진을 찾아 청년 앞에 들이밀었다.

"이름은 안다정, 스무 살이에요. 본 적 있나요?"

그가 고개를 가로저었다.

"지금은 너무 혼란스러워서 아무것도 생각나지 않아요."

나는 억지스럽게 그에게 미소를 지어 보이고 창문을 조금 내렸다. 찬비가 얼굴로 끼쳤다. 일단 내 본연의 임무를 다하고 생각해보기로 했다. 100미터 앞에 어둑한 공터가 보였다. 청년이 아랫입술을 깨물며 아무것도 없는 그곳을 멍하니 응시했다. 아마도 그쯤이 태화연립이 있던 자리인 것 같았다.

"정말 없어졌네요."

차를 멈추고 상향등을 켜 공터를 비췄다. 연립이 있어야 할 자리엔 수풀과 낡은 포장 트럭 한 대가 전부였다.

"저는 손님을 딱 한 장소로만 태워다 줄 수 있어요. 이제 내리셔야 해요."

청년은 울상을 지으며 웃음소리를 냈다.

"죽은 건 알겠어요. 근데 저기 있어야 하잖아요, 우리 집이……! 왜 없어요?"

나는 의자를 조금 젖히고 은색 바늘처럼 떨어지는 빗줄기를 눈으로 훑었다. 그가 빨리 감정을 추스르고 차에서 내리기를 바랐다.

"이름이 뭐예요?"

"이수혁이요."

"수혁 씨, 15년이나 시간이 흘렀으니까요. 그걸 받아들이고 기다리면 밝은 빛이 손님을 이끌 거예요. 그걸 따라가면 편안해질 테고요. 제가 드릴 수 있는 조언은 여기까지예요."

수혁이 결단을 내려주길 기다리며 물끄러미 차창을 바라보았다. 그때 공터 어둠 속에서 빨간 점 하나가 반짝 빛났다. 빨간 점은 담뱃불이었다. 긴 한숨처럼 연기가 흩어지고, 다시 빨간 점이 점멸했다. 어둠 속에서 어둠보다 짙은 실루엣 하나가 움직였다. 거구의 사내였다. 곧 담배를 쥔 사내가 다가와 청년에게 말했다.

"누구요?"

"형이야?"

드디어 내 임무가 끝나가는 걸 느낄 수 있었다. 향내가 서서히 잦아들기 시작했다. 수혁이 뒷문을 열고 차에서 내렸다. 사내가 담배를 바닥에 던지고 비벼 끄는가 싶더니 성큼성큼 걸어가 수혁 앞에 섰다.

"그래, 형이다."

얼마나 오랜 시간, 사내는 동생을 기다려왔던 걸까. 그 염원이 얼마나 강하면 귀신이 된 동생을 한눈에 알아본단 말인가. 사이

드미러엔 반투명해진 수혁이 공터에서 기다리는 형을 향해 휘청휘청 걸어가고 있었다.

*

패딩에 롱스커트, 캉골 가방 차림의 예슬은 세 개들이 마카롱 상자를 들고 내 연구실로 찾아왔다. 옷차림은 제 또래와 다를 바 없었지만, 찰나에 연구실 안을 훑는 눈빛만큼은 노인처럼 노련했다.

"교수님! 저 찾으셨다고요?"

우재에게 부탁해 예슬을 연구실로 불렀다.

"잘 왔어. 궁금한 게 있어서."

나는 뜨거운 물을 붓고 우롱차를 우려 예슬 앞에 내려놓고 마주 앉았다. 예슬이 고개를 갸웃하며 숨을 깊게 들이마셨다.

"과제 때문에 그러세요?"

예슬이 놀란 눈을 동그랗게 뜨고 물었다. 굼실대는 속눈썹 아래로 깊은 우물처럼 새까만 눈동자가 일렁거렸다.

"아니. 좀 사적인 질문이야."

"그리고 영적인 질문도 하시려는 거죠?"

역시 예리한 아이였다.

"그렇지."

"어제 교수님 어깨에 귀신 파편이 잔뜩 묻어 있었어요. 그냥 달고 다니면 몸도 아프고 꿈자리가 사나워지거든요."

예슬이 주뼛거리지 않고 시원하게 털어놓았다.

"그걸 어떻게 안 거야?"

"엄마가 무당이세요. 엄마의 엄마도, 그리고 그 엄마까지. 웬만하면 피해보려고 노력 중인데, 그래도 눈에 보이고 귀에 들리는 건 어쩔 수 없더라고요."

예슬은 말하는 중간중간 줄곧 깊게 숨을 들이마셨다. 어떤 냄새를 추적하려는 듯 보였다. 평범한 사람에겐 아무 냄새도 느낄 수 없는 향인 데다, 지금 향낭은 내 차 안에 있다. 예슬은 그 잔향까지 느낄 만큼 민감한 부류의 사람이란 뜻이다.

"이 방 안에 우리 말고 또 누가 있지?"

내 질문에 예슬이 숫자를 헤아리듯 고개를 끄덕거렸다.

"아주 많은 사념체들이요. 사람이 오가며 남긴 에너지죠. 그리고 귀신도 하나 있어요."

향낭이 차에 있어 예슬이 말하는 귀신은 내 눈엔 보이지 않았다.

"어떻게 생겼지?"

"흰 티에 네이비색 카디건을 걸치고, 안경을 썼어요. 떠오르는 사람 있으세요?"

어젯밤 공터에서 내려준 수혁과 비슷한 모습이었다. 형을 만나 원을 풀고 천도되었을 줄 알았는데 왜 나를 따라온 건지 짐작할 수 없었다.

"아는 사람 같아. 별다른 말은 없고?"

내 물음에 예슬이 의자에서 일어서 내 책장 맨 위 칸을 빤히 바라보았다.

"뱀 문신…… 남자?"

어제 수혁이 들려준 뱀 문신을 한 박수무당이 떠올랐다.

"그 남자가 왜? 뭔가 아는 게 있대?"

예슬이 눈을 질끈 감고 심호흡을 하며 책장 앞으로 다가앉았다.

"이 사람이 어제 못다 한 얘기가 생각났대요. 그 문신 한 남자를 한 번 더 본 적이 있다고 하네요. 그 사람이 흉가 체험단을 끌고 고스트 스폿을 찾아다녔는데 손바닥만 한 텔레비전? 그게 뭐지? 태블릿 같은 거려나. 암튼 그런 걸로 사람들한테 이런저런 얼굴들을 보여줬대요. 사진은 아니고, 3D로 구현한 홀로그램 영상이었는데 그중 한 명의 이름이 다정이라는데요?"

순간 누군가에게 기습적으로 머리채를 잡혀 물이 가득 찬 욕조에 고개를 처박히는 기분이었다. 죽었을 거라고 예상은 했지만, 누군가에게 사로잡혀 있을 줄이야.

"태블릿으로 보여준 다음 어떻게 했단 얘긴 없고?"

"남자가 강령술을 했나 봐요. 체험단을 둥글게 모아놓고 손을 잡게 한 뒤 이미지로 보여준 영혼을 불러냈대요. 물건을 움직이게 하고 목소리도 듣게 해줬대요. 그 다정이라는 사람도 억지로 불려 나왔는데, 많이 겁먹고 힘들어 보였대요."

박수무당은 귀신을 팔아 돈을 벌고 있었다. 영혼을 사로잡아 자신의 영력을 높이고, 그 힘으로 새로운 영혼과 인간들을 끌어들이는 것 같았다. 다정이 그에게 사로잡힌 걸 알게 되었으니 이제 놈의 뒤를 쫓아야 했다.

"예슬아, 나 좀 도와줄래?"

예슬의 얼굴에 낭패감이 스쳤다. 귀찮은 일에 휘말리기 싫은 듯했다.

"무슨 사연인지 몰라도 저 시간 내기 힘들어요. 시험 기간이잖아요. 장학금 놓치면 휴학해야 한다고요."

"등록금은 내가 줄게. 장학금도 받고 등록금도 받으면 훨씬 여유롭잖아. 나 꼭 찾아야 할 사람이 있어."

내 대답에 예슬이 하아, 길게 한숨을 내쉬었다. 그녀는 어린 소녀가 아니다. 서로가 원하는 걸 제시하고 악수하는 것, 그게 어른들의 세계라는 걸 아는 어른이었다.

"아까 그 다정이라는 사람 찾고 계신 거죠?"

"궁극적으론 그래. 그 앨 찾기 위해선 뱀 문신을 한 남자, 박수무당을 먼저 만나야겠지. 그가 어디 있는지 알아내야 해. 고스트 스폿이라는 곳 너도 아니?"

예슬이 대답 대신 눈을 꾹 감았다.

*

나는 편의점에서 내 것과 예슬이 몫의 카페인 음료를 사 차로 돌아왔다. 뒷자리엔 향낭 덕분에 볼 수 있게 된 수혁과 예슬이 나란히 앉아 있었다. 비슷한 또래의 둘은 삶과 죽음의 아슬아슬한 경계를 두고 사이좋은 남매처럼 서로를 바라보았다.

어느덧 밤이 깊어갔다. 외진 길만 골라 다니다 보면 인터넷에 흉가로 이름난 곳도 있기 마련이다. 때론 액션캠을 이마에 고정한 흉가 체험 유튜버나 심령 동호회와 마주치기도 했다. 그들이 들이닥친 흉가에서 도망쳐 나온 귀신들이 긴 팔다리를 허우적거리며 도로로 뛰어들 때면 등줄기에 땀이 맺히곤 했다. 제아무리 이름난 흉가라 해도 젊은이들이 뿜어내는 혈기와 양기를 꺾을 만큼 강한 귀신은 살지 않는단 얘기였다.

"교수님, 저 앞에 낙원요양병원 요즘 뜨는 고스트 스폿이래요. 저 지켜주시는 수호령님이 절대 가지 말라는 거 보니까 뭔가 있을 거 같아요"

예슬이 도로변 6층짜리 폐건물을 손가락으로 가리켰다.

"저런 델 휘젓고 돌아다닌다는 거지? 폐건물에 사는 건 노숙자처럼 갈 데 없는 불쌍한 귀신들이야. 흉가 체험 한다고 인간이 들이닥치면 겁먹고 고라니처럼 뛰쳐나오지. 그러다 운전자한테 뛰어들면 교통사고가 나는 거고."

낙원요양병원에 다가갈수록 향낭이 빛나며 향이 짙어지기 시작했다. 손님이 기다리고 있다는 의미였다. 흉가에 숨어 살 만큼 예민하고 겁 많은 귀신과 대화를 트는 일은 녹록지 않았다.

"요양병원 앞에서 차 세울 거야. 박수무당을 아는 귀신이면 좋겠다."

예슬이 긴장된 표정으로 고개를 끄덕였다.

"저…… 그럼 전 뭘 하죠?"

수혁이 멋쩍어하며 위치를 조수석으로 옮겼다.

"동행해준 건 고마운데, 수혁 씬 이제 하늘길로 올라가는 게 좋지 않겠어요?"

천도가 되어야 그의 영혼도 쉴 수 있을 터였다.

"마지막으로 이승에서 꼭 가고 싶은 데가 있어서요. 그 박수무당이라는 놈 잡으면 데려다주세요."

가고 싶은 곳이 어디인지 모르지만, 한 맺힌 영혼의 청을 거절할 수 없었다.

"원칙에 위배되지만 한 번만 그렇게 합시다."

내 대답에 수혁이 검지로 안경을 치켜올리며 기분 좋게 웃었다.

"어, 저기!"

예슬이 손가락으로 도로변 공터를 가리켰다. 그곳엔 흰색 피케 원피스를 입은 키 큰 여자가 손을 휘젓고 있었다. 차를 멈추자 여자가 희색만연한 표정을 지으며 뒷좌석 문을 열었다.

"합승이에요?"

수혁과 예슬을 보고 한 말이었다.

"네, 괜찮으시죠?"

내 대답에 여자가 손가락으로 오케이 모양을 만들어 보였다.

"기사님, 짐 하나만 트렁크에 실어주세요."

이런 요청은 처음이었다. 여자가 서 있던 자리엔 라면 상자만

한 크기의 캐리어가 놓여 있었다. 환영으로 만들어낸 것이라면 그녀가 들고 탔을 테니, 저건 실재하는 물건이라는 뜻이었다. 캐리어는 오랜 기간 그곳에 놓여 있었는지, 흙먼지를 뒤집어쓰고 겉면엔 자잘한 흠집이 가득했다.

나는 운전석에서 내려 여느 택시기사처럼 손님의 캐리어를 들었다. 섬뜩하고 찬 기운이 내 손끝을 타고 팔로 흘렀다. 예사롭지 않은 물건이라는 생각에 서둘러 트렁크에 넣고 문을 닫았다.

"어디로 모실까요?"

운전석으로 돌아와 여자에게 물었다.

"수표동 사거리 오피스텔 앞이요."

나는 액셀을 밟으며 여자의 행색을 훑었다. 짧은 보브컷에 서구적인 이목구비, 늘씬한 몸매에 이십대 중반으로 보이는 그녀는 어쩌다 요절하게 된 걸까.

"저기, 언니! 어쩌다 이렇게 됐어요? 나이도 아깝고, 미모도 아까워요."

내가 궁금했던 걸 예슬이 스스럼없이 물었다. 귀신은 화가 나면 악취를 풍기며 터지는 경우도 있었다. 조마조마한 마음으로 여자의 대답을 기다렸다.

"아아……. 이게 다 박수무당 때문이에요. 망할 자식!"

그녀의 입에서 박수무당이라는 말이 나오자 나와 예슬, 수혁이 동시에 흠칫 놀랐다.

"손님, 어떤 일이 있었는지 여쭤봐도 될까요?"

내 질문에 여자가 고개를 크게 끄덕였다.

"그럼요! 아무라도 붙잡고 얘기하고 싶었단 말예요."

여자가 파르스름한 입술을 열었다.

*

낙원요양병원이 재정난으로 문을 닫을 무렵, 여자는 원무과에 남은 유일한 직원이었다. 더 이상 입원 환자를 받지 않아 1층 원무과는 줄곧 한산했다. 그녀는 무료하게 시간을 허비하지 않고 구직 사이트에서 새 직장을 검색했다. 한참 자기소개서를 수정하고 있던 그녀의 귀에 딩동, 출입문 열리는 소리가 들렸다. 얼른 핸드폰을 내려놓고 허리를 곧추세웠다.

"이수정?"

라이더 재킷에 투블록 헤어를 한, 작은 캐리어를 든 남자였다. 날렵한 입술이 여자의 이름을 호명했다.

"네, 맞는데요. 누구세요?"

유난히 검고 커다란 눈동자가 수정을 빤히 바라보았다. 진한 쌍꺼풀, 수술한 것처럼 높고 날카로운 콧대에 턱수염을 기른 남자가 피식 웃었다.

"나 재준인데 기억 안 나? 성상중학교."

그녀가 성상중학교를 졸업한 건 사실이었다. 하지만 수정의 기억 속에 재준이라는 이름은 없었다.

"미안한데…… 기억이…… 잘……."

"응, 기억 못 할 줄 알았어. 내가 워낙 찐따였거든."

재준이 멋쩍게 웃어 보였다. 그러자 벌어진 앞니가 수정의 눈에 들어왔다. 이 사이가 벌어진 소년, 키가 작고 몸집이 왜소한데다 늘 또래 무리에서 겉돌던 자그마한 얼굴이 재준 위로 오버랩됐다.

"나 살짝 기억나려고 해. 2학년 때 같은 반이었을걸. 그땐 되게 조용했던 거 같은데, 너 많이 달라졌다."

수정이 반가운 마음에 재준에게 악수를 청했다. 그 순간 어쩐지 그의 손등에 새겨진 비늘 모양의 문신이 슬쩍 꿈틀댄 것 같다고 느꼈다.

"고맙네. 존재감 제로인 나를 기억해주고."

"근데 여긴 무슨 일이야? 가족이 입원했어?"

수정의 물음에 재준은 빈 로비를 한 번 훑어보고 그녀 쪽으로 상체를 숙였다.

"아니. 너 만나러 왔어."

"날? 내가 여기 근무하는 건 어떻게 알고?"

수정은 학창 시절 대화 한 번 섞어본 적 없는 동창이 어떻게 자신의 근무지까지 알고 찾아왔는지 의아하고 찜찜했다.

"인스타 보니까 병원 사진 있길래 너한테 도움 좀 줄까 하고 왔지. 시간 되면 같이 점심 먹자."

때마침 점심시간이었다. 행여 보험이나 다단계, 혹은 종교 권유가 아닐까 염려스러웠지만 수정은 거절할 방법이 생각나지 않았다. 함께 점심을 먹을 동료가 없으니 빠져나갈 구실도 없었다. 그녀가 지갑을 겨드랑이 사이에 끼고 자리에서 일어섰다.

둘은 병원 앞 칼국숫집에 마주 앉았다. 이윽고 가게 한편에서 상을 닦던 주인 여자가 반가운 표정으로 다가와 재준에게 알은 체했다.

"어머, 반가워라. 법사님이 여길 다 오셨네! 그러잖아도 시누이가 법당 좀 가르쳐달라고 난리예요. 아직도 수표동 사거리 오피스텔 계시죠? 너무 반갑다."

법사라는 말에 수정이 두 눈을 휘둥그레 떴다. 수정의 눈치를 살핀 주인 여자가 살그머니 재준의 귓가에 입을 가져다 대고 소곤거렸다.

"그때 일러주신 대로 했더니 진짜 저절로 애가 떨어집디다. 너무 고마워. 발목 잡혀서 우리 아들 신세 망칠 뻔했잖아."

재준이 쑥스럽게 웃어 보이곤 만두와 칼국수 두 그릇을 주문했다.

"왜 너한테 법사님이라고 해? 스님도 아니잖아."

"나 박수무당이거든. 무당님이라고 부를 수 없으니까 법사님이라고 하는 거야."

수정은 다행이라고 생각했다. 적어도 그녀가 걱정하는 보험, 다단계, 종교는 아니었으니까.

"저 아줌마가 뭘 되게 고마워하네."

"사실 저 아주머니 아들이 이제 고3인데 동네 누나랑 사고 쳐서 결혼을 하네 마네 하는 걸 내가 해결해줬어."

사고란 임신이고, 해결이란 아까 두 사람의 대화처럼 아이가 유산되었다는 의미이리라 수정은 짐작했다. 부도덕한 일을 벌이고도 한 치의 부끄러움도 없는 주인 여자와 재준이 뻔뻔하게 느껴졌다.

"나 도와주겠다는 건 무슨 얘기야?"

어느새 찐만두 한 접시가 두 사람 앞에 놓였다.

"너 임금 체불됐지? 퇴직금도 못 받게 생겼고."

재준의 말에 수정이 한 입 먹으려고 들었던 만두를 내려놓았다. 그의 말대로였다. 급여는 두 달이나 체불되었고, 지금 상황에서 6년 일한 퇴직금도 건지기 어려웠다.

"맞아. 어떻게 알았어?"

"귀신한테 물어봤지. 그 병원에 유난히 귀신이 득실득실하거든. 임금 받을 방법 알려주러 왔어."

"얘, 나 돈 없어. 굿이나 부적 같은 거 할 생각도 없고. 노동부에 민원 넣을 거야."

수정은 본능적으로 재준이 부담스러웠다.

"난 다른 무당들처럼 굿이나 부적 같은 거 안 해. 게다가 돈 받을 생각도 없고. 넌 심부름 하나만 하면 돼."

괜스레 마음이 조급했던 수정은 훗날 미치도록 후회할 선택을 했다. 누군가 자신에게 공짜로 호의를 베풀 땐 의심부터 하는 게 옳다는 걸, 그땐 몰랐다.

"무슨 심부름인데?"

"귀신들 얘기가 너희 원장 바람피우다 재작년에 이혼했다는데, 맞아?"

사실이었다. 모두 쉬쉬했지만, 말쑥한 옷차림을 한 미모의 여자가 원장실을 드나든 지 1년 만에 원장 부부는 파경을 맞았다.

"그런 소문이 있긴 했지."

"원장 전처가 상당한 자산가일 거야. 둘을 다시 붙여놓으면 병원이 굴러갈 수 있어."

칼국수 두 그릇이 수정과 재준 앞에 놓였다. 재준이 빙긋 웃으며 젓가락으로 국수 가락을 끌어 올렸다.

"그건 좀 힘들겠지. 나 같아도 바람피우고 전 재산 탕진한 전 남편하고 재결합 안 해."

"안 될 거 같지? 근데 나한테 방법이 있다니까."

"어떤?"

재준이 의자 옆에 내려놓은 캐리어를 들었다 내려놓았다.

"연연물이란 거야. 연분을 이어주는 물건이 들어 있지. 이걸 원장실에 잘 숨겨놓고 퇴근할 때 그 앞에 밥 한 그릇만 놓아두면 돼. 터주한테 공양을 하는 거지. 길어야 한 달, 짧으면 이삼일 안에 소식이 들려올 거야."

수정이 캐리어를 넘겨받았다. 안에 어떤 물건이 들었는지 궁금했지만, 재준이 흔쾌히 알려줄 것 같지 않아 국수 그릇으로 시선을 옮겼다.

"내가 시키는 대로만 하면 백퍼 받는다! 그때 거하게 한턱 내."

식사가 끝나고 자리로 돌아온 수정은 캐리어를 매만지며 퇴근 시간을 기다렸다. 조무사들과 간병인 그리고 원장이 퇴근한 후, 그녀는 탕비실에 들어가 햇반 하나를 챙겼다. 께름칙한 마음이 가신 건 아니었지만 캐리어에 든 물건이 저주가 아닌 연분을 잇는 축복이라 호언장담하던 재준을 떠올렸다. 그녀는 6층 원장실로 올라가 객쩍게 노크를 두 번 하고 살그머니 방문을 열었다. 원장 특유의 체취와 함께 익숙한 풍경이 눈에 들어왔다. 묵직한 마호가니 책상, 색색의 서류철이 꽂힌 5단 책장, 가죽 소파와 테이블 사이에서 공기청정기가 돌아가고 있었다.

수정은 원장이 캐리어를 발견하지 못할 곳을 찾느라 한참 골몰하다, 창가에 내려놓고 커튼을 닫았다. 그러고는 햇반 포장지를 뜯은 뒤 방문 앞에 놓았다. 원장보다 일찍 출근해 치우기만 하면 끝날 일이었다. 매일 저녁, 원장실에 들어가 캐리어가 제자리에 잘 있는지 확인하고 햇반을 뜯어놓은 뒤 퇴근했다. 그러기를 열흘. 슬슬 그녀도 지쳐갈 무렵이었다.

그날도 수정은 모두가 퇴근하길 기다려 몰래 원장실에 들어갔다. 하지만 단 한 명, 퇴근하지 않은 사람이 있었다. 병원 밖 주차장에서 자신의 사무실을 바라보다 유리창 안쪽에 무언가 낯선 물체가 있단 걸 눈치챈 원장이었다.

*

자정의 국도는 마치 거대한 구렁이의 뱃속처럼 어둡고 비좁았다. 두 명의 인간과 두 명의 귀신을 태운 자동차가 그 안으로 뚫고 들어갔다.

"박수무당이 놓아두라고 한 게 트렁크에 실은 캐리언가요?"

내 물음에 수정이 고개를 끄덕였다.

"그걸 왜 아직도 갖고 있어요?"

예슬이 물었다.

"원장이 캐리어를 손에 들고는 갑자기 돌변했어요. 눈빛이며 말투까지 완전 다른 사람이 돼서 메스를 들고 저한테 덤벼들었죠. 원장도 그 자리에서 자살해버렸고요. 죽고 보니 박수무당 말대로 병원에 돈이 넘쳐났어요. 원장이 투자 실패했던 사업이 대박 나서 외동딸이 돈벼락을 맞았대요. 덕분에 이혼한 사모님만 흥한 거죠."

수정이 눈물 없이 흐느꼈다. 수혁이 고개를 돌려 그녀를 애잔하게 바라보았다. 돌이켜보면 처음 만났을 때 수혁은 우는 시늉도 하지 않았었다.

"왜 아직도 그 캐리어를 갖고 다녀요? 나 같음 무서워서 진즉 버리고 떠났을 텐데."

수혁이 물었다.

"복수하려고요. 박수무당 찾아가서 돌려줄 거예요. 안에 뭐가

든 건진 몰라도 사람을 두 명이나 죽게 만든 강력한 물건이면 그 자식도 뒤지겠죠. 안 그래요?"

가로등 불이 스치며, 수정의 목덜미에 난 메스 자국이 파랗게 빛났다. 순간의 잘못된 선택으로 죽어서도 고통받는 그녀가 침울한 얼굴로 내 뒤통수를 바라보고 있었다.

"교수님, 이거 아무래도 양밥 같은데요?"

예슬이 수정의 등을 가만가만 두드리는 시늉을 하며 싸늘하게 뇌까렸다.

"양밥이 뭐야?"

처음 듣는 단어였다. 모르긴 수정도 마찬가지였는지, 예슬의 대답을 기다렸다.

"그 캐리어 안에 저주를 건 물건이 들어 있을 거예요. 무속인들은 그런 걸 양밥이라고 하거든요. 박수무당이 만들었으니 본인한텐 안 통하죠. 일단 안에 뭐가 들었는지 열어봐요."

나는 예슬의 제안대로 갓길에 차를 세웠다. 그러고는 조심스럽게 차 문을 열고 나가 트렁크를 열었다. 나는 지퍼를 열고 입처럼 다물어진 캐리어를 펼쳤다. 안에는 커다란 뱀이 마치 방금 죽은 것처럼 놓여 있었다. 뱃속에 든 내용물이 얇은 가죽 아래에서 올록볼록 솟아 있는 걸로 미루어, 뱀은 생전 무언가를 많이 집어삼킨 듯했다. 내 등 뒤로 예슬과 수혁 그리고 수정의 탄성이 들렸다.

"나 전화 한 통만……."

나는 재빨리 사진을 한 장 찍고, 통화 목록에서 우재의 번호를 찾아 전화를 걸었다. 자정이 넘었으니 받으리라는 보장은 없었다.

"교수님?"

다행히 우재는 곧바로 전화를 받았다.

"늦은 시간에 미안. 뭘 좀 물어보고 싶은 게 있어서."

"괜찮습니다. 저도 논문 쓰느라 깨 있었어요."

우재는 민속학 연구자이니 양밥에 대해 우리보다 많은 것을 알고 있을 터였다.

"혹시 양밥에 대해 알아?"

"알죠. 액막이용으로 팥 뿌리고 소금 뿌리잖아요."

"아니. 저주용 양밥 말이야. 특히 뱀과 관련된 거. 내가 사진 한 장 보낼 테니 봐줄래?"

내 말에 우재가 잠시 숨을 골랐다. 나는 사진을 첨부해 우재에게 메시지를 보내고 그의 대답을 기다렸다.

"뱀이나 지네처럼 독이 있는 생물을 양밥으로 썼다는 건 원한을 극대화해서 생명을 위협하는 용도인데요."

어쩌면 박수무당은 처음부터 누굴 구원하고 싶은 게 아니었을지 몰랐다. 그의 진짜 목적은 원장의 죽음과 이를 통해 이득을 챙길 사람에게 받을 수고비였을지도.

"뱃속에 든 둥근 모양이 일정하니 아마도 알 같은 게 들었을 거예요."

고르고 갈쭉한 모양새가 꼭 뱀의 알을 연상케 했다. 그건 뱀이 뱀의 알을 먹었다는 의미였다.

"순리에서 벗어난 일이구나."

"이 양밥을 만든 사람은 용케도 갓 알을 낳은 암컷 뱀을 구했을 겁니다. 그리고 강제로 입을 벌려 자신이 낳은 알을 목구멍으로 삼키게 한 뒤 먹이를 금해 어미가 알 속의 양분을 흡수하도록 만들었을 테죠."

강제로 자식을 잡아먹은 어미의 원한이란 어떤 것일지 감히 상상할 수 없는 일이었다.

"원한을 이용한 저주술이었구나."

"지금 사진을 확대해서 보고 있는데, 뱀 밑에 저 하얀 건 사람 앞니같이 보이네요."

앞니란 말에 나는 다시 캐리어 속을 살펴보았다. 똬리 튼 뱀 아래 하얗게 빛나는 앞니가 눈에 들어왔다. 모양으로 보아 성장이 끝난 인간의 송곳니였다.

"맞아. 사람 송곳니 같아. 이건 무슨 의미지?"

"누가 만든 양밥인지 소름 끼치네요. 황해도 지역에서 사람의 송곳니, 아니 죽은 사람의 송곳니를 양밥으로 썼다는 기록이 있어요. 송곳니의 주인이 악귀가 되어 표적을 살해하게 한대요. 양밥을 만든 무당이 놓아주기 전까진 거기 옭매어 벗어날 수 없고요."

손에 힘이 빠지며 핸드폰이 바닥에 떨어졌다. 등줄기로 서늘한 소름이 오소소 돋았다. 슬그머니 고개를 들어 옆에 선 수혁을 바라보았다. 그가 나를 향해 살며시 웃어 보였다. 검게 비어 있는 오른쪽 송곳니. 그가 형을 만나고도 천도되지 않은 건 박수무당이 부리는 악귀이기 때문이었다. 아니, 그날 밤 수혁을 맞이한 사람은 형이 아니라 박수무당이었을 수도.

"기사님이 향낭으로 귀신들 천도시키고 다니니까 무당 형님이 불편해하시잖아요. 상권 침해지."

수혁이 호주머니에 손을 꽂고 나직이 말했다.

"그래서 나도 수정 씨나 원장처럼 살해하려고 붙은 건가요?"

내 대답에 수정의 눈이 화등잔만 해졌다.

"뭐야, 저 사람 이빨이었어? 저 사람이 원장한테 빙의해서 날 죽인 거라고?"

수정이 수혁을 향해 달려들었지만, 육체가 없는 싸움은 싱거울 수밖에 없었다. 수혁은 공기 중으로 흩어져 몸을 숨겼다가 어느새 내 자동차 보닛 위에 다시 나타났다.

"캐리어를 만진 사람은 누구나 양밥의 대상이 돼요. 우리 중에선 기사님이 유일하게 만지셨죠. 그러니 그 몸은 이제 내 것입니다."

수혁이 다이빙하듯 상체를 기울여 내게 뛰어들 자세를 취했다. 그의 영혼이 내 몸에 천천히 흡수되는 게 느껴졌다. 도망치고 싶은 마음이었지만 몸이 움직이지 않았다. 이대로 있다간 수혁에게 빙의되어 예슬을 해칠 게 뻔했으나 나는 무력했다. 학교 안에서나 권위 있는 교수일 뿐, 울타리를 넘어서면 난 그저 읽고 쓰는 일 외엔 별다른 재주가 없는 사람이었다. 괜한 일에 뛰어든 게 아닐까, 후회가 밀려들었다.

오래전부터 인류애란 삶이 부유하고 평화롭다 못해 지루한 소수의 사람들이나 갖는 정신적 유희라고 생각했다. 그런 주제에 누굴 구하겠다고. 살면서 쌓아온 죄책감과 분노가 뜨거운 불덩이처럼 가슴에서 이글거렸다. 다정을 찾는 일에 집착하느라 정작 내가 발표하기로 한 논문과 단행본은 손 놓은 지 3년째였다. 억울하게 죽은 사람이 그 애 하나뿐인 것도 아닌데, 전전긍긍하며 매일 밤 귀신이나 실어 나르는 내 신세가 딱하고 한심했다. 이럴 바엔 나도 죽어버리면 편하겠다는 마음까지 다다랐을 때, 누군가 내 어깨를 잡았다.

"교수님! 정신 차리세요."

겁에 질린 예슬의 목소리는 오히려 불에 기름을 붓는 꼴이었다.

"닥쳐! 염치도 모르는 년. 돈도 없는 게 대학 다니는 사치까지 누리고 싶니? 차라리 신내림 받고 무당으로 나가보는 게 어때. 핏줄이 당기지 않아?"

해서는 안 될 말들이 생각할 틈도 없이 입에서 쏟아졌다. 진심이 아니라고 외치고 싶었지만, 뜻대로 되지 않았다.

"빙의 때문인 거 알아요. 다른 사람에게 분노를 퍼부을 만큼 강하지 못해서, 교수님은 본인을 벌주려는 거잖아요."

예슬의 말대로 나는 이대로 죽어 모든 고통이 끝나기를 바랐다.

"도망쳐……!"

어쩌면 내 의식으로 하는 마지막 말일지도 모를 소리를 쥐어짰다. 그때 예슬이 양손의 중지와 약지를 접어 두 손을 겹쳤다. 일종의 수인을 만든 것 같았다. 그녀가 나지막이 무어라 중얼거리더니 길게 휘파람을 불었다. 가슴 한구석이 뻐근하게 아파오며 숨이 찼다.

"일단 교수님 몸에 들어간 수혁이란 영가를 못 움직이게 했어요. 교수님도 못 움직이지만요."

몸이 마비돼 보닛 앞에 쓰러진 나를 예슬이 일으켜 앉혔다. 뭔가 말을 하고 싶었지만 혀가 움직이지 않았다.

"강한 귀기가 느껴져요. 점점 더 강하게…… 우리를 향해 다가오고 있어요."

무덤 속처럼 조용했던 사위가 일순 시끄러워졌다. 새소리, 물소리, 바람 소리, 그리고 멀리서 들려오는 자동차 엔진음까지 더해졌다.

*

쿵쾅대는 이디엠 음악과 함께 무광으로 도색한 외제 차 한 대가 우리 곁에 멈춰 섰다. 이윽고 운전석에서 검은 슈트 차림의 남자가 내렸다. 예슬이 말한 박수무당 재준일 터였다. 그는 오른쪽 얼굴의 절반이 뱀 문신으로 덮인 데다, 눈동자까지 부옇게 흐렸다. 학교 앞 중식당 앞에서 마주친 적이 있는 눈이었다. 내 존재를 깨달은 뒤 은밀히 접근해 온 듯했다. 재준은 성큼성큼 걸어 내

차 운전석 문을 열고 룸미러에 달아놓은 향낭을 낚아챘다.

"가만 놔두면 나한테 올 애들을 아줌마가 자꾸 뺏어 가면 어떡
해? 적당히 했어야지. 귀신도 한이 좀 맺혀야 잡아먹었을 때 힘
이 난단 말이야."

재준이 내 곁에 다가와 무릎을 굽히고 얼굴을 바싹 가져다 댔
다. 그제야 알 수 있었다. 그의 얼굴을 덮은 건 문신이 아니라 시
커먼 뱀 그 자체였다. 재빨리 들락거리는 혀와 살아 있는 듯 번들
거리는 비늘이 증거였다. 인간 재준을 집어삼키고 육체를 강탈
해버린 악귀가 내 머리를 다정하게 쓰다듬었다.

"수혁이 애썼어. 살면서 내가 제일 잘한 일이 수혁이 널 만난
거야. 불쌍하게 산에서 떠돌이 생활하는 놈한테 술 주고 떡 주고,
뺑소니 당해 암매장된 시체도 찾아줬잖아. 이렇게 은혜 갚으니
까 너도 속 시원하지?"

죽은 수혁을 발굴해 노예로 부린 주제에 재준은 당당했다. 그
때 어둠 속에서 수정이 고함을 지르며 나타났다.

"야! 이 개새끼야, 나랑 같이 지옥이나 가자!"

수정은 고운 얼굴을 사납게 일그러뜨린 채 날카로운 손톱을
치켜세우고 재준을 향해 달려들었다. 그야말로 지옥에서 뛰쳐나
온 짐승이라고 해도 믿길 지경이었다.

"교수님, 그리고 거기 귀엽게 생긴 학생. 잘 봐봐. 내가 귀신을
어떻게 잡아먹는지."

재준이 예슬과 나의 이목을 집중시킨 뒤 달려드는 수정을 물

끄러미 바라보았다. 그러자 재준의 얼굴을 덮고 있던 검은 뱀이 몸을 꿈틀대기 시작했다. 재준의 부윰했던 오른쪽 눈에 다시 생기가 돌았다. 수정이 그의 얼굴에 칼날 같은 손톱을 들이대던 순간, 뱀이 재준의 얼굴을 벗어나 커다란 아가리를 벌렸다. 놈은 큼직한 개구리를 집어삼키듯 수정의 팔과 머리, 몸통을 덥석덥석 삼켜 넘겼다. 수정은 짧은 비명을 끝으로 자취를 감추었다. 뱀은 다시 재준의 얼굴로 돌아가 조금 더 영역을 넓혔다.

"봤어? 내가 이런 사람이야. 아줌마가 찾는 다정이도 죽인 뒤에 이렇게 잡아먹었어. 겁도 없이 술 취해서 징징 짜고 있길래 내 컬렉션에 추가했지."

재준이 제풀에 흥이 나 발을 구르며 환호했다.

"교수님, 뱀 비늘을 보세요! 저게 잡아먹힌 귀신들의 감옥이에요."

예슬이 죽일 듯이 재준을 노려보며 다가갔다. 나는 겨우 내 뜻대로 움직일 수 있는 눈동자를 굴려 재준의 얼굴을 바라보았다. 뱀을 감싼 비늘들이 반짝거렸다. 마치 비늘 모양으로 만든 감옥 안에서 죄수들이 살려달라고 아우성치는 것만 같았다.

"학생도 여기 들어올래? 에이, 근데 뒤에 수호령이 따라다니셔서 좀 골치가 아프네. 그래도 한번 붙어볼까? 저런 큰 어른 한 분 삼키면 열라 세질 거 같은데."

예슬이 새로운 수인을 만들며 재준 앞에 섰다. 한참 야기죽거리던 재준도 상대가 만만하지 않다는 걸 깨달았는지 섣불리 행동하지 않았다. 이대로 있다간 예슬이마저 놈에게 잃을 거란 두려움에 마음이 좋아붙었다.

"예슬아! 나 김 조교야. 들리니?"

생각지도 못했던 목소리에 정신이 퍼뜩 들었다. 우재와 통화가 끊어지기 전, 핸드폰이 바닥에 떨어진 게 떠올랐다.

"조교님, 들려요."

예슬이 차분하게 대답했다.

"이게 통할지 모르겠지만……, 축사경 읊어줄게. 내가 아는 귀신 쫓는 주문은 이거뿐이야. 옥추사자신장 황건역사신장 일월신장 십이신장 오방신장 팔방신장……."

우재가 낯선 단어들을 단정한 목소리로 뱉어내기 시작했다. 재준의 표정이 굳었다. 그의 뱀 또한 비늘을 세워 파르르 떨었다. 그러자 여러 사람의 아우성이 뒤섞여 이명처럼 울려 펴졌다.

"설마 그까짓 주문 따위로 나한테 덤벼보겠다는 거야? 나 진짜 쪽팔리게 살았나 봐."

재준이 바닥에 떨어진 핸드폰을 집으려 내 쪽으로 몸을 돌렸다. 놈에게는 별 타격이 아닐지 모르지만, 내 몸을 강탈한 겁 많은 수혁에게는 주문이 먹혔다. 뻣뻣했던 몸이 손끝부터 따스해졌다. 손, 팔, 얼굴과 가슴 그리고 다리에 힘이 들어갔다. 스륵, 미끄러지듯 내게서 빠져나가는 수혁이 느껴졌다. 기회는 지금뿐이었다.

나는 재준의 목에 팔을 감아 힘껏 당겼다. 그의 목에서 뱀이 꿈틀거리며 다시 사람들의 아우성이 강해졌다. 힘으로 놈을 이길 자신은 없었다. 그러나 겁먹어 아무것도 하지 못한 채 제자를 잃긴 싫었다.

"신대장군 야차장군 구천장군 오방장군 탐랑칠성일절군······."

우재의 목소리가 더욱 커졌다. 거칠고 단단한 재준의 주먹이 내 옆구리를 파고들었다. 죽더라도 놈을 끌어안은 채 죽으리라 마음먹었다. 몸이 흙바닥에 끌리고, 머리채가 우악스러운 손길에 휘둘렸다. 결국 바닥에 나동그라져 재준이 내 목에 양손을 올려 체중을 실을 즈음, 어디선가 맑은 종소리가 들렸다. 생과 사의 기로에서 들리는 환청일 거라 생각했다. 하지만 재준의 태도가 달라졌다. 그의 손목에 걸려 있던 향낭이 노랗게 빛을 발하기 시작했다. 내 목을 짓누르던 손을 거둬들인 그가 황망한 표정으로 예슬 쪽을 바라보았다. 예슬은 가부좌를 틀고 앉아 우재와 목소리를 맞춰 축사경을 읊었다.

"팔방뇌공풍백신장 동서남북사대진군 천부옥경신장 지부옥경신장······."

예슬의 뒤로 자그마한 노인이 모습을 드러냈다. 어느 시대풍인지 모를 옥색 한복에 검은 머리를 곱게 쪽 진 노인이 고부장한 걸음새로 재준에게 다가왔다.

"오래 기다렸네."

노인이 근엄한 표정으로 짧게 끊어 말했다.

"당신 누구야?"

재준이 뒷걸음질 치며 노인에게 물었다.

"나는 현생의 죄를 진심으로 참회하는 영혼들을 저승으로 이끌던 사자라네. 한때 나는 푸른 사향노루 한 마리를 거느렸지. 내 분신이자 뛰어난 영물이었다네. 그런데 뱀 형상의 악귀에게 당했지 뭔가. 사향노루의 뼈와 살을 발라 먹은 뱀은 스스로 신을 참칭하며 자네처럼 기생하기 좋은 인간을 골라잡고 들어앉았지."

푸른 사향노루. 향낭에 든 향이 노인의 일부라는 의미였다. 재준의 입술이 파르스름해지며 떨리는 게 보였다.

"푸른 사향노루에게 남은 건 사향샘뿐이었네. 내 천지신명께 여쭈어보니 천 명의 넋을 위로해야 다시 소생할 수 있다는 대답을 얻었지. 그리고 오늘 비로소 내 염원이 이루어졌네."

어느 사이엔가 노인의 곁에 푸른 사향노루 한 마리가 서 있었다. 그녀가 걸친 한복처럼 깨끗한 옥색의 그것은 여느 사향노루와 달리 말처럼 길고 풍성한 꼬리에, 찬란하다 싶을 만큼 밝은 빛을 머금은 눈을 가졌다. 고목의 가지처럼 굵고 화려하게 뻗은 뿔과 동그랗게 솟아오른 이마, 뾰족한 코와 날렵한 목선이 마치 인위적으로 깎아놓은 조형물 같았다.

노인은 태극권을 하듯 양손을 가볍게 들어 올려 재준을 향해 밀었다. 그러자 그가 허수아비처럼 풀썩 쓰러지고, 그 위로 지팡이처럼 꼿꼿하게 선 굵은 뱀 한 마리가 나타났다. 잔뜩 독이 오른 뱀이 사향노루를 향해 독니를 드러내며 달려들었다. 사향노루는 껑충, 가뿐히 몸을 띄워 뱀을 피했다. 그러고는 고개를 숙여 제

뿔로 뱀의 뱃구레를 뚫어 머리에 걸었다. 뱀 비늘이 우수수 떨어지기 시작했다. 대가리를 이리저리 흔들며 몸부림치는 뱀과 마치 기분 좋은 산책이라도 하듯 경둥경둥 어둠을 달리는 사향노루를 노인이 잠시 일별했다.

얼굴에서 뱀 문신이 사라진 재준은 몸주체를 못한 채 차에 기대 올칵 피를 토해냈다. 노인이 재준에게 다가가 향낭을 풀어 자신의 살품에 깊이 찔러 넣었다. 노인의 몸이 달처럼 노랗게 빛나며 고아한 향내가 숨이 멎을 정도로 짙게 밤하늘에 퍼져나갔다.

"저 뱀이 처음 나타난 날을 기억하는가?"

노인이 물었다. 흠칫 놀란 그가 느리게 고개를 끄덕였다.

"무…… 무병을 앓으며 산속 암자에서 요양할 때요."

"분명 한 마리가 아니었겠지?"

"암수 두 마리였는데, 수놈은 제 손을 타고 팔에 파고들었어요. 암놈은 바위틈에 녹색 알을 낳았는데……."

"자네는 암놈과 그 알들을 저주의 제물로 썼겠지."

"하지만 어쩔 수 없었어요. 그땐 수뱀이 진짜 신인 줄 알았고, 시키는 대로 하지 않으면 저 대신 제 여동생에게 붙겠다고 했으니까요."

"그럼 묻겠네. 과거를 참회하는가?"

노인이 그렇게 묻는다는 건, 참회한 영혼을 저승으로 이끌려는 목적일 터였다. 재준이 대답 대신 어깨를 들썩이며 서럽게 울었다. 뜻밖에도 노인은 재준을 가만히 끌어안고 그가 울음을 그칠 때까지 기다려주었다. 한참 만에야 재준을 놓아준 노인이 내게 다가왔다. 그녀는 땅에 떨어진 뱀 비늘 하나를 집어 들었다.

"이보게, 선생. 자네가 찾는 것이네. 날 도와 여기까지 와주었으니 서로 얼굴을 봐야 하지 않겠는가."

노인이 내 손바닥 위에 얇고 반들거리는 비늘을 톡, 내려놓았다. 그러자 따스한 숨결이 귓가에 퍼졌다. 갓 구워낸 카스텔라처럼 부드럽고 포근한 숨결에 취해 고개를 돌리자 내 곁엔 다정이 서 있었다. 다정이 말했다.

"교수님이 수업 시간에 데우스 엑스 마키나에 대해 얘기해주신 거 생각나요."

소설 창작 수업 시간에 한 얘기였다. 깜냥 없이 큰 이야기를 벌여놓고 밑밥도 잔뜩인데 그걸 회수할 자신이 없는 작가가 신적인 존재의 도움으로 사건을 해결하는 소설을 쓰는 바보 같은 짓은 봐주지 않겠다고 으름장을 놓았었다. 하지만 내 현실에서는 푸른 사향노루와 노인이 모든 비극을 끝내고 있었다. 나는 데우스 엑스 마키나가 아니었다면 다정과 이렇게 마주 볼 수 없었을 터였다.

"그래, 기억나. 가끔은 현실이 소설을 비웃기도 하지."

나는 머뭇거리는 다정의 손을 끌어당겨 조심스레 매만졌다. 작고 야윈 손에선 달보드레한 향기가 났다. 방울처럼 큰 눈과 유난히 메마른 코와 입, 할 수만 있다면 실컷 먹여 살찌우고 싶은 모습이었다.

"교수님이 저를 찾고 있단 걸 알았을 때가 지상에서 가장 행복한 순간이었어요. 아무도 진심으로 저를 걱정해준 적 없거든요. 비록 죽은 뒤지만, 저를 포기하지 않는 사람이 있어서 좋았어요."

나는 손을 뻗어 다정의 뺨과 머리칼, 작아서 금방이고 사라질 것 같은 어깨를 만졌다.

"내가 어리석고 무례했어. 소설가이면서 남의 불행에 공감하는 방법은 몰랐던 거야. 난 너처럼 살아낼 자신도 없는 주제에……."

이 아이를 잃은 순간부터 나는 수행자처럼 살아왔고, 앞으로도 다를 바 없이 살아갈 터였다. 죄가 깊어 용서받을 자격이 없으므로.

"괜찮아요. 이제 안 그러실 거 아니까. 더는 외롭지 않아요."

다정이 작은 두 손을 뻗어 내 뺨을 매만졌다. 내 눈에서 흐른 눈물이 그 애의 손등을 적셨다. 다정은 빙그레 웃어 보이곤 손을 흔들며 뱀 비늘로 빨려들어갔다.

"선생은 저 아이에게 방금 용서를 받았어. 하지만 자네 최후의 순간에 내가 찾아와 진정 참회하였는지 다시 묻고 거두겠네."

내 마음을 읽은 노인이 다정한 목소리로 일렀다. 그녀의 곁에 어디엔가 뱀을 떨어낸 푸른 사향노루도 나란히 섰다. 사향노루가 먼 하늘을 바라보며 가늘고 길게 울었다. 그러자 바닥에 떨어진 뱀 비늘들이 떠올라 노인의 손바닥 위로 소복이 쌓였다.

"이제 모두를 보내주어야 할 때가 왔구먼."

노인의 말에 나는 고개를 돌려 자동차 보닛 앞에 쓰러져 있는 수혁을 바라보았다.

"한 명 더 있습니다."

수혁 또한 양밥의 피해자였다. 나는 캐리어에서 죽은 암뱀과 수혁의 송곳니를 꺼내 와 노인 앞에 내밀었다.

"암뱀과 그 알들의 영혼은 수뱀이 죽을 때 천도되었네. 우리가 떠나면 육신 또한 사라질 테지. 그리고 이 송곳니의 주인은 남은 볼일이 있다 하니, 잠시 담보로 갖고 있겠네."

노인은 사슴의 뿔을 사랑스럽게 쓰다듬었다. 그러자 하늘 한 가운데 커다란 솔개처럼 검고 큰 구멍이 뚫렸다. 구멍에서 쏟아 지는 바람은 자동차마저 들썩일 만큼 거셌다. 이윽고 바람이 잦 아드나 싶더니 강렬한 빛이 노인과 뱀의 몸에서 떨어져 나온 비 늘을 에워쌌다. 어디선가 여러 사람이 허밍을 하는 듯 가벼운 홍 얼거림이 울렸다. 서서히 노인과 사향노루의 실루엣이 옅어졌 다. 나는 태어나서 처음으로 아이스크림을 맛본 아이처럼 경이 롭고 달콤한 빛에 압도되어 탄성을 터뜨렸다. 빛은 아주 천천히 사그라지다 종래에는 작은 반딧불 크기가 되어 어둠 속으로 달 아났다. 이제 남은 건 영혼이 떠난 재준의 차가운 육신뿐이었다.

"교수님, 괜찮으세요?"

예슬이 나를 흔들었다. 마치 선잠에서 깨어난 것처럼 나는 긴 하품을 하며 그녀를 돌아보았다. 열심히 축사경을 외워 나를 지켜낸 예슬의 입술에 송골송골 피가 맺혀 있었다. 나는 예슬을 품에 끌어안았다. 그 애에게서 뿜어져 나온 따스한 온기가 가슴을 파고들었다.

"우리 어디 가서 밥 먹고 들어가자."

문득 배가 고파졌다. 다정을 잃고 처음 느낀 허기였다. 이 시간에 문을 연 기사 식당을 찾아 살아 있는 사람들 사이에 끼어 뜨겁거나 매운 것을 땀내며 먹고 싶었다.

"그럼 메뉴는 제가 정해도 됩니까?"

갑자기 끼어든 우렁우렁한 목소리에 예슬과 내가 소스라치게 놀랐다. 죽은 줄 알았던 재준이 가볍게 몸을 튕겨 일어섰다. 나는 예슬을 등 뒤로 감추고 놈을 노려보았다.

"저예요, 수혁."

재준이 휘적휘적 다가와 내 앞에 섰다.

"수혁 씨라고요?"

목소리며 몸짓, 말투는 수혁과 같았다.

"아까 그 할머님이 이 몸뚱이를 몇 시간만 쓰고 깔끔하게 처리하는 대가로 빌려주셨어요. 비록 박수무당의 하수인이었지만 결과적으론 저도 피해자인 데다 기사님을 해치지는 않았잖아요. 좀 서운하셨더라도 밥 한 끼 같이하시죠. 그게 제 마지막 소원이거든요."

노인은 재준의 육신을 자연스럽게 처리하도록 수혁에게 뒷일을 맡긴 터였다.

"뭐 그럽시다. 수혁 씬 뭐가 먹고 싶은데요?"

경계를 풀고 수혁에게 물었다.

"그야 당연히 짜장면이죠. 귀신이었을 때 가장 그리웠던 속세의 맛이거든요. 한명대 앞에 24시 중국집이 있었는데, 거기 아직도 할까요?"

수혁의 목소리에서 생기가 넘쳤다.

"한명대 앞이면 우리 김 조교 집 근처네. 지금 전화해볼게요."

내가 운전석에 올라 핸들을 쥐었다.

*

새벽 3시가 다 되어서야 우리는 24시 중식당에 도착했다. 나는 화장실에 들어가 간이 혈당계로 혈당을 쟀다. 스트레스가 보태진 탓에 공복 혈당이 제법 높았다. 당뇨 약을 입에 털어 넣고 고개를 젖혀 넘겼다. 30년 만에 맛보는 짜장면은 내 기억 그대로일지 자못 궁금했다.

먼저 와 기다리던 우재가 짜장면 네 그릇과 탕수육 중자를 시켜놓았다. 우재가 믿을 수 없단 표정으로 재준의 모습을 한 수혁을 뜯어보았다.

"오늘 일로 논문을 써야 할 운명인가 싶네요. 거봐요, 교수님! 「월하택시」는 자전적 소설이었잖아요."

"역시 촉 좋다니까. 김 조교는 이제 퇴마사 해도 될 거 같은

데?"

의자를 빼 우재 옆에 앉았다. 잠시 후 각자 앞에 큼직한 멜라민 그릇이 하나씩 놓였다. 김이 무럭무럭 피어나는 짜장면 위엔 옛날식으로 오이와 메추리알 고명이 올라가 있었다. 우린 말없이 자기 몫의 짜장면을 비볐다. 내가 짜장면을 비벼본 건 오늘이 처음이었다. 입학식 날엔 엄마나 외할머니가 비벼주었고, 그 후로 처음이니 내겐 특별한 경험인 셈이다.

"교수님, 이상하지 않아요? 꼭 힘든 일 한 날엔 짜장면을 먹게 되더라고요. 이사 날도 그렇고 시험 끝난 날도 그렇고."

예슬이 젓가락에 면을 돌돌 말아 입에 집어넣었다.

"우리 땐 입학식, 졸업식에도 짜장면 먹었어. 한고비 넘겼으니 재충전하라는 의미일 수도. 안 그래, 김 조교?"

짜장면에 고춧가루를 뿌리는 우재에게 물었다.

"어우, 전 돈가스 세대예요. 수혁 씬 짜장면에 얽힌 얘기 뭐 없어요?"

열심히 짜장면을 먹던 수혁이 쿨럭 기침을 하며 앞니로 면을 끊어냈다.

"있죠. 대학교 2학년 때 소개팅 나갔다가 마음에 드는 사람한테 중국집 가자고 해서 바로 차였어요. 지금 생각해보면 새하얀 원피스를 입고 있었던 거 같아요. 다시 만나면 돈가스 먹자고 할 텐데."

수혁의 말에 우재와 예슬이 킥킥 웃으며 군만두를 하나씩 집었다. 하지만 나는 웃을 수 없었다. 대학교 3학년 여름방학에 했던 소개팅이 떠올라서였다. 그날 나는 새로 사 세탁 한 번 하지 않은 흰 시폰 원피스를 입었다. 신촌의 커피전문점에서 그를 만났다. 나보다 한 살 연하에 한명대 기계공학과를 다니다던 그는 태어나서 처음으로 원두커피를 마셔본다며 얼굴을 찌푸렸다. 순수하고 솔직한 게 나쁘지 않았다. 어쩌면 통성명을 했던 것도 같았다. 기억나는 건 그가 저녁 식사로 중국집에 가자는 말을 꺼낸 것. 그리고 그 무렵 도통 혈당이 제어되지 않아 탄수화물을 끊다시피 했다는 거였다. 어쩔 수 없이 그의 청을 거절하고 집에 돌아온 날, 나는 내 등단작이 될 소설의 도입부를 쓰기 시작했다.

"수혁 씬 그 짜장면 다 먹으면 어디로 갈 거예요?"

냅킨으로 입을 닦고, 재준의 모습을 한 수혁을 바라보았다.

"친구들과 조금 더 같이 있고 싶은데, 벌써⋯⋯."

수혁이 팔짱을 끼고 가게 유리 너머를 바라보았다. 예슬도 젓가락을 내려놓고 창밖으로 시선을 돌렸다.

"교수님, 푸른 사향노루가 왔어요."

예슬이 꺼질 듯한 목소리로 말했다. 수혁이 자리에서 일어섰다. 그는 식탁 한쪽 벽면에 붙은 거울을 보고 씩 웃고는 어깨선이 비뚤어진 재킷을 바로 했다.

"전 이만 가볼게요. 잃어버린 송곳니를 찾으면 부모님을 만날 수 있을 거예요. 죄 많은 아들이지만 용서해주시겠죠?"

별다른 인사 없이 수혁이 중식당 문을 밀고 나갔다. 보도블록

위에서 네발을 접고 그를 기다리던 푸른 사향노루가 튕기듯 자리에서 일어섰다. 수혁이 무릎을 굽히고 사향노루 앞에 고개를 숙였다. 마치 기다렸다는 듯이 어두운 하늘에서 솜털 같은 눈이 쏟아졌다.

"벌써 첫눈이 오네? 이 시간에 자는 사람들은 못 보겠어요."

등 뒤에서 중식당 주인의 목소리가 들렸다. 그의 눈엔 저 탐스러운 첫눈만이 들어오리라. 그러나 참회하는 이들의 눈엔 세상 단 한 마리뿐인 푸른 사향노루와 그 앞에서 풀썩 쓰러진 청년의 뒷모습이 보였다. 유리문을 밀고 나가 허공을 향해 손바닥을 폈다. 여리디여린 눈이 녹지 않고 사박사박 쌓여갔다.

"어, 저기 청년이 쓰러졌네!"

중식당 주인이 뛰어나와 발을 굴렀다. 나는 15년 만에 그의 이름을 알고 그렇게 다시 헤어졌다.

덤덤한 식사

너는 묵직한 깃털처럼 해먹에서 뛰어내렸다. 잠이 가시지 않은 얼굴로 길게 하품을 하고 나서야, 초조하고 긴박했던 새벽녘 꿈들을 털어낸 것 같았다. 너는 자동 급식기에 소복이 쌓인 사료에 고개를 숙였다. 방파제 테트라포드처럼 생긴 갈색 알갱이를 씹다 말고 너는 앞발로 흙 덮는 시늉을 했다. 나는 안다. 그게 네가 나를 기억하는 방식이란 걸. 언젠가 내가 주린 배로 돌아오면 의기양양한 얼굴로 묻어두었던 사료를 파헤쳐 나누어 주고 한 발짝 물러서고 싶은 마음이란 걸. 그러나 나는 네게 돌아갈 수 없다. 이제 내가 할 수 있는 건 네가 내게 올 때까지 조용히 기다리는 일뿐이다.

우리는 한겨울 지하주차장 쏘나타 아래에서 태어났다. 새끼를 낳기에 엄마는 너무 늙고 허약했다. 새끼 여섯 마리 중 겨울을 버텨낸 건 우리 형제뿐이었다. 아빠를 본 적은 없지만 아마 흰 바탕에 고동색 점박이일 거라고 짐작했다. 엄마와 나는 노랑 줄무늬였지만 넌 노란 털이라곤 한 올도 섞이지 않은 고동색 점박이였으니까.

지하주차장엔 열세 마리의 고양이가 살았다. 낮엔 은신처에서 몸을 단단히 웅크리고 반수면 상태로 있다 밤이 되면 먹이를 구하러 흩어졌다. 건강한 고양이들은 죽은 새와 쥐, 썩은 내가 풍기는 생선 대가리, 듬성하게 살점이 남은 닭튀김 따위로 배를 채웠다. 하지만 엄마는 걷는 것조차 쉽지 않았다. 털은 윤기를 잃은 지 오래인 데다 입가엔 늘 묽은 침이 흘렀다. 숨결에선 비린내가 풍겼고, 젖에선 고름 맛이 났다. 우린 오래지 않아 엄마가 죽으리란 걸 짐작했다. 내가 엄마의 말라버린 젖을 빠는 사이, 너는 아반떼 아래에 사는 삼색 고양이의 뒤를 밟으며 사냥을 배웠다.

겨울이 끝나가던 어느 새벽, 너는 잠든 나를 깨우고 앞서 걸었다. 지금도 선명히 떠오른다. 느낌표처럼 곧게 선 너의 고동색 꼬리와 이따금 나를 돌아볼 때마다 마주치는 뿌듯한 눈동자가. 네가 나를 데려간 곳은 아파트 화단 한편 철쭉 아래였다. 목을 길게 빼서 주위를 둘러본 너는 다 큰 고양이처럼 아옹, 크게 한 번 울었다. 그러고는 얕게 덮어놓은 흙을 파헤쳤다. 뻣뻣하게 굳은 박새 한 마리가 드러났다. 너는 한 발로 박새의 몸통을 누르고 뼈가 억센 날개와 머리를 발라냈다. 그러고는 한 걸음 뒤로 물러나 천천히 몸단장을 시작했다. 나는 먹기 좋게 발라놓은 박새에게 다가가 냄새를 맡았다. 신선한 피와 살 그리고 흙냄새가 흠씬 풍겼다. 나는 앞발로 죽은 박새의 몸을 두어 번 건드려본 뒤에야 놈의 뱃구레에 송곳니를 박아 넣었다. 그때 너는 이미 어른 고양이였을지도 모르겠다.

고양이는 덤덤해야 오래 살 수 있다. 쏘나타 주인의 고함에도, 경비원의 빗자루에도, 죽은 엄마의 희뿌연 눈동자에도 놀라선 안 되었다. 하지만 나는 덤덤하지 못했다. 매번 겁에 질려 털을 세우고 호령하듯 울었다. 그때마다 너는 그릉거리며 나를 핥았다.

*

자박자박 가벼운 발소리를 유심히 듣던 네가 도어록이 해제되는 소리에 출입구로 걸어갔다. 문이 열리고 검정 슬리브리스에 청바지를 걸친 다나가 인사했다.

"장수, 잘 잤어? 밖에 날씨 덥네. 누나가 에어컨 틀어줄게."

다나가 에어컨을 틀고 진공청소기를 돌리기 시작했다. 너는 장수(將帥)처럼 소음 속에서도 놀란 기색 없이 스크래처에 발톱을 박아 넣었다. 희고 보드라운 앞발 틈 사이로 날카로운 발톱이 솟아나 촘촘하게 감아놓은 노끈에 보푸라기를 만들었다. 그러다 문득 동작을 멈춘 너는 코를 발름거리며 문을 바라보았다. 저벅 저벅 묵직한 발소리와 텁텁한 체취가 다가오고 있었다. 발소리가 문 앞에서 멈추자 너는 조바심을 감추지 않고 가늘게 울었다.

"특식 먹는 날인 거 알고 아빠 기다렸구나? 얼른 옷 갈아입고 줄게."

네가 기다린 사람은 수의사 윤이었다. 와이셔츠 단추 사이가 벌어질 만큼 비만한 체구에 턱수염이 풍성한, 언뜻 외국인처럼 보이는 중년이다. 그는 플라스틱 반찬 통을 네 앞에 흔들어 보이곤 진료실로 들어갔다.

청소가 끝나고 잠시 환기를 시키는 시간을 너는 가장 좋아한다. 방충망으로 막힌 창가에 앉아 꼬리로 단정히 앞발을 감싼 채 도로를 내려다보았다. 일정한 유속으로 달리는 자동차 사이에 흰색 쏘나타나 섞이면 너의 동공이 커지기도 했다. 그러다가도 비문증처럼 눈앞에 어른거리는 날벌레를 보면 수염을 당겨 모으고 앞발을 들어 사냥 태세에 돌입했다.

"손님 오기 전에 먹자."

윤이 창문을 닫고 너의 겨드랑이에 손을 끼워 내려놓았다. 그는 집에서 가져온 플라스틱 반찬 통을 열었다.

"닭고기랑 계란 노른자랑 크릴새우오일까지 넣었어. 어때, 고소한 냄새가 나지?"

윤은 매주 월요일마다 특식을 가져왔다. 닭고기, 쇠고기, 연어, 이따금 칠면조를 구해 곱게 간 뒤 몇 가지 영양제를 섞은 것들이었다. 너는 고양이답게 의심이 많고 신중했다. 매번 그가 건넨 특식의 냄새를 맡고 앞발로 건드려보고 혀끝에 아주 조금 묻혀 맛을 본 뒤에야 먹이라고 인정했다.

너는 덤덤하게 식사를 시작했다. 윤이 너를 향해 뻗으려던 손을 호주머니에 찔렀다. 그는 네가 애완동물이 될 수 없다는 걸 새삼 깨달았을 터였다. 파트너로서 적당한 거리를 두는 게 서로를 위한 배려라 믿는지 몰랐다. 윤과 네가 파트너가 된 건 재작년 초가을이었다.

지하주차장 고양이들이 하나둘 앓아눕기 시작했다. 병에 걸린 고양이는 하나같이 피가 섞인 설사를 흘리고 노르스름한 거품 구토를 했다. 하필 가장 먼저 감염된 고양이는 나였다. 면도칼이 안에서 회전하는 것처럼 배가 아플 때면 몸을 웅크리고 눈을 감았다. 눈물이 쏟아져 진득한 눈곱이 껴도 몸단장을 할 여력이 없었다. 먹고 마신 것이 없어도 구토는 멎지 않았다. 어린 고양이들은 두어 번 혈변을 보고 나면 숨을 헐떡거리다 싸늘하게 죽었다. 건장한 녀석들도 사나흘을 버티지 못했다. 나도 그랬다. 언제 어떻게 죽었는지는 기억나지 않는다. 의식을 차렸을 땐 이미 육신을 잃은 뒤였다. 탈수로 가죽이 늘어지고 시커먼 혈변이 자동차 타이어 사이로 엔진오일처럼 흘러나온 내 모습을 허공에서 바라보았다.

비루한 주검에 미련은 없었다. 나는 너를 찾아 이곳저곳을 떠돌았다. 아파트 화단과 재활용품 처리장, 놀이터와 버스정류장으로 향한 오솔길. 너를 닮은 이부형제와 이복형제들이 눈에 띄기도 했지만 하나같이 등허리를 꿀렁대며 노란 거품 구토를 하거나 묽은 침을 흘리며 밭은 숨을 몰아쉬는 모습이었다. 그 사이에 네가 없다는 게 다행스러우면서도 어쩐지 섭섭했다.

"나비야, 조금만 참자. 누나가 너 치료해서 꼭 살려줄게. 근데 택시는 왜 안 오니."

그때 105동 입구에서 다나를 보았다. 그녀는 초조한 표정으로 강아지용 케이지를 들고 있었다. 엉성하게 뚫린 철장 사이로 네가 보였다. 생기 잃은 눈이 힘없이 끔뻑였다. 다나가 핸드폰을 꺼내 들었을 때 다행히 회색 택시 한 대가 멈춰 섰다.

"우리아이동물병원이요."

택시에 탄 다나는 임신한 배를 끌어안듯 케이지를 품었다.

너는 운 좋게 동물병원 테크니션에게 구조되었다. 다나는 택시에서 윤에게 전화를 걸었다. 일요일 오후였고, 윤은 극장 매점 앞이었다.

"원장님, 휴일에 전화드려 죄송합니다. 혹시 지금 병원 나오실 수 있으세요?"

다나의 말에 윤은 캐러멜 팝콘을 들고 느릿느릿 엘리베이터로 향했다.

"다나 씨네 강아지?"

"아뇨. 단지에 사는 고양이요. 동네에 범백이 유행인데 탈수가 심해요. 오륙 개월령 수컷이요."

그제야 알게 되었다. 나를 죽인 병명이 범백이란 걸.

"범백은 대증요법밖에 없어. 링거 맞으면서 버텨야지, 뭐. 알았어요. 좀 이따 병원에서 봅시다."

다나는 가느다란 손가락을 철장 안으로 뻗어 너의 이마를 긁었다. 생사의 기로에 선 네가 희미하게 가릉거렸다.

"있지, 나 사실 고양이는 별로 안 좋아해. 병원에 고양이가 다녀가면 늘 손에 상처가 남거든. 그런데 말이야, 그레이하운드를 안락사시키러 온 아주머니가 이런 말을 해줬어. 아무리 사나운 고양이도 사람을 죽이진 못한다고. 너흰 그저 겁쟁이일 뿐 누구에게도 치명적이진 않은 거였어. 그때부터 단지 안에 있는 고양이들이 눈에 보이기 시작했어. 하아, 너랑 같이 다니던 노란 고양이는 지금 어디 있을까."

병원에 도착한 윤은 캐러멜 팝콘을 우적거리며 가운을 걸쳤다. 너를 처치실로 옮긴 다나가 작은 트리머를 가져와 앞다리에 난 털을 밀었다. 그러고는 주사기로 혈액을 뽑고, 링거를 연결했다.

"잘생겼네. 골격 좋은 것 봐."

윤이 너의 눈꺼풀을 들어 올려 들여다보며 중얼거렸다.

"범백이면 좀 어렵겠죠?"

다나가 물었다.

"치사율이 70~80퍼센트니까 너무 기대하지 마. 근데 이 녀석 피지컬이 좋아서 모르겠다. 격리실에 넣고 수액 체크 계속 해줘요."

윤이 불룩한 너의 배를 길게 한 번 누르자 갈라지는 울음이 토사물처럼 왈칵 쏟아졌다.

이튿날, 혈액검사 결과가 나왔다. 윤과 다나는 낮은 백혈구 수치에 안타까워했지만, 네가 고양이 사이에선 매우 드문 B형 혈액형이라는 데 놀란 눈치였다. 너는 이틀 뒤 백혈구 수치가 서서히 올라가기 시작했고 다나가 주는 처방식을 삼켰다. 너는 다나에게 발톱을 세우지 않았다. 흔해빠진 겁쟁이 고양이가 아니란 걸 증명하기라도 하듯 바늘과 가루약과 처방식을 순순히 받아들였다. 그 무렵 혈변과 구토가 멎고 식욕도 되살아나기 시작했다. 너는 10퍼센트에 속하는 고양이였지만 자신의 생존조차 덤덤하게 받아들였다.

*

첫 손님은 브리티시쇼트헤어였다. 반려자인 청년은 안내대 위에 케이지를 내려놓고 초조하게 다나를 기다렸다.

"아기 어디가 아파서 왔나요?"

다나는 병원을 찾는 모든 동물을 아기라고 불렀다.

"신부전증 진단을 받았는데요······."

청년이 아무도 없는 걸 확인하고도 목소리를 낮췄다.

"신부전이면 의료센터나 대학병원으로 옮기셔야 할 텐데요."

다나가 미안하다는 듯 고운 미간을 구겼다.

"다니는 병원은 있어요. 지금 당장 수혈을 받아야 하는데, 우리 살구가 B형이라서요."

청년은 케이지를 열어 축 늘어진 회색 고양이를 꺼냈다.

"아……, 어떻게 알고 오셨어요?"

다나가 해먹에 누워 몸단장하는 너를 바라보았다.

"카페에 글을 올렸더니 누가 쪽지를 주셨어요. 우리아이에 B형 공혈묘가 있다고."

너와 윤이 파트너가 된 건 범백이 완치된 후였다. 기초접종을 마친 윤은 오래 살라는 뜻으로 너를 장수(長壽)라 이름 짓고 병원에서 키우기로 결정했다. 물론 집과 식사, 의료서비스가 무료는 아니었다. 너는 이따금 생사의 기로에 선 고양이들에게 피를 나누어 주어야 했다. 그것이야말로 덤덤한 고양이가 아니면 할 수 없는 일이었다.

헌혈 전에는 여섯 시간 동안 금식을 해야 했고, 진정제를 맞아야 했다. 때때로 응급 환자가 발생하면 너의 체중에서 뽑을 수 있는 최대 양인 60밀리를 넘겨야 할 때도 있었다. 그때마다 너는 모로 누워 창밖을 보곤 했다. 가로수 은행나무에 박새가 앉길 기다리는지도 몰랐다.

"원장님, 보호자가 수혈을 원하시는데 아까 장수 밥 먹었잖아요. 돌려보낼까요?"

다나가 진료실 문을 열고 소곤소곤 물었다.

"밥 먹었어도 괜찮지, 뭐. 토할 거 같으면 우리가 석션해주면 되잖아. 들어오시라고 해."

윤이 진료실 한편 세면대에서 손을 씻고 의자에 앉았다. 이윽고 청년이 케이지를 들고 주춤주춤 들어섰다.

"어디 보자, 이름이 뭐죠?"

"살구요."

"살구야, 너 운 진짜 좋다. 여기 너랑 혈액형 같은 친구가 있는 줄 어떻게 알고 왔어? 원장님이 한고비 넘기게 해줄게."

다나가 네게 다가갔다. 너는 그녀의 살 냄새를 좋아하지만 답 삭 안기거나 몸을 비비지는 않았다. 그지 오래도록 냄새를 기억 하기 위해 깊게 숨을 들이마셔서 각인할 뿐이었다.

"장수, 잠깐 아야 할 건데 참을 수 있지?"

다나가 너를 살며시 끌어안았다. 너는 따뜻한 물주머니 같은 몸을 늘어뜨리고 처치실로 향했다. 진정제가 들어가자, 너의 동 공이 바둑돌처럼 새카맣게 커졌다. 이따금 바닥을 탁탁 치던 꼬 리가 잠잠해졌다. 윤이 혈액 실린지를 들고 처치실로 걸어왔다.

"근데 원장님."

혈관을 찾느라 검지로 너의 팔뚝을 두드리는 윤 옆에서 다나 가 속삭였다.

"왜?"

"살구 보호자분이 말씀하셨는데, 누가 쪽지로 우리 병원 가면 B형 수혈 받을 수 있다고 알려줬대요."

바늘이 너의 연분홍빛 살가죽을 뚫고 들어가 실린지를 채우기 시작했다.

"그게 왜?"

윤이 라텍스 장갑을 벗으며 다나를 심드렁하게 바라보았다.

"자꾸 소문나면 곤란한 거 아니에요? 6주 내론 다시 못 뽑으니까……."

다나의 말에 윤은 아무 대답도 하지 않은 채 일어섰다.

"원장님."

너는 또다시 야생의 긴박하고 치열했던 시절의 꿈을 꾸는 것 같다. 수염이 움찔거리고, 네발이 바르르 떨렸다.

"원장님!"

다시 다나가 윤을 불렀다. 처치실 문을 열던 윤이 느릿하게 고개를 돌렸다.

"그 쪽지, 원장님이 보내신 거죠? 단골 만드느라."

"장수 수액에 영양제 칵테일 해서 놔줘."

윤이 나가고 난 자리에 잠시 피 냄새가 고였다 빠졌다.

나는 윤을 원망하지 않는다. 그건 너도 그럴 터였다. 너와 윤은 한결같은 파트너이지 가족이나 친구는 아니었다. 그는 네게 무수한 상처를 남길 뿐 치명상을 입히지는 않는다. 그걸 이해하지 못하는 건 다나뿐일지도 몰랐다. 전화벨이 울렸다. 다나가 붉게 달아오른 얼굴을 세수하듯 문지르며 접수대로 향했다.

거즈로 눌러놓은 주삿바늘 자리에서 피가 배어 나왔다. 공혈묘의 시간처럼 느리게 아주 느리게.

아이들 사이에 유행은 들불처럼 번져나간다. 선홍색 립 틴트, 무신사 크로스백, 나이키 에어맥스와 핸드폰 게임, 줄임말과 걸음걸이까지. 대개는 온라인 게임이나 커뮤니티 게시판, 아이돌의 착장으로 시작하지만 아주 드물게 어디에서 유래했는지 알 수 없는 기묘한 현상도 있다.

러닝패밀리가 그랬다. 고등학교 1학년 국어 교사인 다영의 반 아이들은 틈만 나면 게임에 접속했다. 게임은 다양한 복장의 중년 부부 또는 노인 부부, 청소년과 유아, 여러 직업군 중 세 개의 캐릭터를 고르면 시작됐다. 캐릭터들은 구름을 징검다리처럼 건너뛰기도 하고 어두운 하늘과 동굴 속을 헤매기도 했다. 점수를 내기 위해 이동 구간 곳곳에서 반짝거리는 별을 수집하기도 했다. 별이 놓인 위치는 대개 구름의 끄트머리나 동굴에 깊게 파인

검은 입구였다. 자칫 터치를 잘못하면 캐릭터는 어디가 끝인지 모를 곳으로 끝없이 추락했다. 그렇게 한번 잃어버린 캐릭터는 유료 게임 캐시로만 되살릴 수 있었다.

다영은 쉬는 시간마다 의자 끄트머리에 아슬아슬하게 엉덩이를 붙이고 게임에 몰두하는 아이들이 좀처럼 이해되지 않았다. 그녀는 아이들이 살아가는 현실 세상이 모바일 게임보다 훨씬 치열하고 가치 있다고 믿는 부류였다

"자, 이제 게임 그만해. 폰 끄고 바구니에 담아서 앞으로 가져 와. 오늘은 윤동주의 「햇비」로 시작할 거야."

다영은 매 수업마다 시 한 편을 읽어주곤 했다. 큼큼, 목소리를 가다듬으며 '아씨처럼 나린다 보슬보슬 햇비'를 외우려는 순간 누군가 울음을 터뜨렸다. 다영의 시선이 창가 끝자리에 앉은 주하에게로 향했다.

"김주하, 왜 울어? 무슨 일이야? 일어나서 말해봐."

주하가 설움에 복받쳐 턱을 호두처럼 일그러뜨린 채 자리에서 일어났다.

"러닝패밀리를 하는데요……."

"그래, 하는데?"

다영이 느린 걸음으로 주하를 향해 다가갔다.

"쌤이 폰 끄라고 해서 급하게 터치하다 캐릭터 세 개를…… 동시에 잃었어요. 이제 현질도 못 하는데…… 불쌍해서…… 어떡해요."

주하의 대답에 다영은 반사적으로 코웃음을 쳤지만, 아이들은 안타깝다는 듯 탄성을 냈다.

"고작 게임 때문에 운다고? 너희 미래는 손바닥만 한 가상 세계가 아니라 책 속에 있어. 당장 다음 주가 중간고사인데 그렇게 한가하니?"

서른여섯, 다영은 교사 8년 차인 자신이 뱉은 말이 너무 권위적이고 구태의연한 게 아닌가 싶으면서도 이보다 더 현실적인 조언이 어디 있나 싶어 제 마음을 다독였다.

"쌤, 러닝패밀리 캐릭터가 죽으면 그 숫자만큼 사람이 사라진대요. 그래서 우는 거예요, 주하."

굵은 헤어롤을 앞머리에 만 주하 앞자리 아이가 말했다. 아이들이 울상을 지으며 웅성거렸다.

"너희 그런 도시 괴담을 믿니? 우리나라 한 해 실종자 수가 몇 명일까? 자그마치 10만 명이야. 너희가 그 게임을 하기 전부터 그랬어. 매년 세종시 인구만큼이 사라졌다 대부분은 제자리로 돌아와. 웃음밖에 안 나온다, 얘들아. 너희 중 이 게임 안 하는 사람은 없니?"

괴담은 어느 시대에나 존재했다. 다영 역시 어린 시절 빨간 마스크를 쓴 입 찢어진 여자 이야기나 학교 전설 따위를 믿었다. 하지만 그 시절 괴담은 무해했다. 기껏해야 어린아이들을 일찍 귀가시키고 이따금 악몽을 꾸게 하는 수준에 불과했다. 하지만 러닝패밀리라는 게임은 내 손에 타인의 생명이 달려 있다고 믿게

해서 아이들로 하여금 시도 때도 없이 사명감에 불타올라 달려들게 만드는 듯했다.

"쌤, 그거 안 하는 애는 선우밖에 없을걸요. 걘 폰이 없으니까."

주하가 물티슈로 얼굴을 닦으며 빈 옆자리를 손가락으로 가리켰다. 선우는 사흘째 결석 중인 학생이었다. 다영이 기억하는 선우는 운동부 학생도 아닌데 얼굴이 검게 그을고 결석이 잦은 아이였다. 또래 남학생들과 교류가 없어 쉬는 시간이나 점심시간엔 책상에 엎드려 잠만 잤다. 봉사 활동도, 동아리 활동도, 체험학습도 신청하지 않은 유일한 학생인 선우가 중간고사까지 치르지 않으면 대학 입학은 요원해진다. 핸드폰도 집 전화도 없으니 연락을 취할 방법이 없었다. 다영은 퇴근 후 학생기록부에 기재된 주소지로 찾아가보기로 마음먹었다.

"쓸데없는 얘기로 시간 너무 까먹었다. 자, 윤동주의 「햇비」. 아씨처럼 나린다 보슬보슬 햇비……."

*

야간자율학습까지는 시간이 남아 있었다. 다영은 학생기록부에서 선우의 주소를 핸드폰으로 옮겼다. 그녀는 모니터 사이로 맞은편 자리에 앉은 과학 선생에게 손짓했다. 뭔가를 열심히 타이핑하던 과학 선생이 입 모양으로 '네?'라고 대답했다.

"정 쌤, 가정방문 가봤어요?"

다영의 말에 과학 선생이 고개를 가로저었다.

"아뇨. 다영 쌤 가시게요?"

"우리 반에 결석 잦은 아이가 하나 있는데 그 흔한 핸드폰도 없어서 연락이 안 되네요."

다영이 씁쓸하게 웃으며 손등에 핸드크림을 발랐다.

"폰 없으면 러닝패밀리도 못 하겠네? 요즘 그거 안 하면 아웃사이더래요. 저랑 우리 신랑도 그 겜 땜에 폰을 붙들고 살거든요."

"혹시 그 괴담 때문 아니에요? 게임하다 캐릭터 죽으면 사람이 사라진다는?"

"애들은 귀가 얇으니까 믿을지도 모르죠. 그리고 게임 개발자가 리처드 파인만이라는 게 꽤 흥미롭기도 하고요."

리처드 파인만이라는 이름은 과학 선생에겐 익숙하겠지만, 국문학 전공자인 다영에겐 체첸 명절 요리나 백 년 전 죽은 심리학자의 이름을 딴 이론만큼이나 낯설었다.

"그게 누군데요?"

다영이 물었다.

"물리학 천재이자 괴짜요. 노벨상도 수상했고, 자기 이름을 단 이론도 여러 개예요. 그런 동시에 아주 유쾌한 사람이기도 했어요. 농담을 좋아하고 악기 연주에도 일가견이 있었으니까요. 오래전에 사망했지만 전 리처드 파인만이라면 어떤 방식으로든 지구에 존재할 거라고 믿어요."

과학 선생의 말에 다영이 곱게 눈을 흘겼다.

"뭐야, 정 쌤이 괴담에 한술을 더 보태네. 죽은 사람이 게임을 만들었다고?"

과학 선생이 배시시 웃었다.

"리처드 파인만은 스스로 생각하는 양자 컴퓨터를 고안했어요. n차원에 통달했고, 지금으로부터 60년 전에 나노 로봇을 예견하기도 했죠. 그러면 다른 차원 어딘가에 자신의 지식과 의식을 백업해놓고 죽었을지도 모르죠. 그것도 단순히 재미를 위해."

과학 선생의 대답에 다영이 웃음을 터뜨렸다. 둘은 싱겁게 대화를 마무리 짓고 서로를 향해 손을 흔들었다.

다영은 교문을 나서다 게임에 몰두하느라 운동장 한복판에 멍하게 서 있는 아이를 보며 알 수 없는 불안을 느꼈다. 과학 선생의 실없는 농 때문은 아니었다. 이대로라면 먼 훗날의 인류는 기형적으로 목이 앞으로 굽고 손가락 대신 가늘고 긴 촉수를 가진 벙어리 집단이 되지 않을까 하는 두려움이 마음 한편에 고였다.

때마침 택시 한 대가 다영 앞에 멈춰 섰다. 그녀는 핸드폰에 옮겨놓은 선우의 주소를 기사에게 불러주었다.

"그 동네, 사람 거의 안 살 텐데요?"

미터기를 켜고 액셀을 밟은 기사가 룸미러로 다영을 힐긋 바라보았다.

"우리 지역에 그런 동네도 있어요?"

다영의 물음에 앞니 사이가 벌어진 기사가 싱긋 웃었다.

"원래 그 동네가 박정희 때 실향민 살라고 공유지 풀어준 건데, 그 양반들 다 돌아가시고 후손들이나 외지인들이 세 들어 살았거든요. 우리 구 국회의원 공약이 그 동네 철거해서 도로 건설하고 LH에서 임대 아파트 짓는 거였다고 합디다. 이사 갈 사람들은 진즉에 갔고요. 우리 누이가 그 동네 살았거든."

택시는 반듯하게 구역이 나뉜 시내를 가로질러 컬러강판으로 지붕을 씌운 공장과 축사, 실개천 위 낡은 교각을 지나쳤다. 희미하게 풍기는 거름 냄새에 다영의 미간이 구겨질 즈음, 천엽처럼 가느다란 골목이 뒤엉킨 산등성이 마을이 나타났다. 기사가 차를 세우고 미터기를 정지시켰다.

"길이 저래서 더는 못 올라가요. 저기 보이는 큰 전봇대 골목길로 쭉 올라가는 중턱쯤일 겁니다."

기사의 말에 다영은 자신의 플랫폼 샌들을 내려다보며 한숨을 쉬었다. 그녀는 15000원의 택시비를 지불하고 내렸다. 인도는 듬성듬성 보도블록이 빠져나가 검은 흙이 드러나 있었다. 어느덧 해가 기울어 오렌지빛 노을이 낮은 지붕들 위로 쏟아졌다. 다영은 깨진 창문과 곳곳에 쌓인 낡은 가구, 비썩 마른 더러운 발바리를 바라보며 기사의 말마따나 이런 곳에 누가 살지 의문을 품었다.

빈손이 허전하다 느낀 그녀는 유일하게 사람 그림자가 보이는 편의점으로 걸음을 옮겼다. 어워크라 적힌 간판이 전구 불량으로 푸드득푸드득 점멸했다. 음료수라도 살 요량으로 편의점 문을 열자, 입아귀가 산뜻하게 올라간 청년이 녹색 앞치마를 두른 채 눈인사를 했다.

"병에 든 음료수 세트 어느 쪽에 있나요?"

다영이 진열대를 눈으로 훑으며 물었다.

"아, 미닛메이드랑 델몬트 두 가지 있는데 어떤 걸로 드릴까요?"

청년이 계산대 아래에서 종이 상자에 포장된 음료 세트 두 개를 들어 올렸다.

"아무거나 주세요. 근데 이 동네 사람이 살긴 해요?"

다영은 판매대에서 껌 한 통을 꺼내 계산대에 올렸다. 뽀얀 얼굴에 귓불과 입술, 눈초리가 발그레한 청년이 그녀의 질문에 해맑게 웃었다.

"그럼요. 그러니까 편의점이 유지되죠. 마트에 가려면 버스를 두 번이나 갈아타야 하니까 동네 사시는 분들은 거의 다 저희 편의점 단골이에요. 그래서 두부나 콩나물도 들여놓는 거고요."

다영은 고개를 돌려 삼각김밥과 샌드위치 사이에 당당히 놓인 두부와 콩나물, 시금치를 바라보았다.

"그럼 혹시 양선우라고 아세요? 훈민고등학교 교복 입고 얼굴 까만 애."

다영이 체크카드를 내밀었다. 청년을 바라보며 선우를 떠올리자 심한 이질감을 느꼈다. 청년의 건강한 뺨과 단정하게 커트된 머리카락, 말끄트머리마다 습관처럼 섞는 미소는 말기 암 환자의 혈관 같은 이 동네와 어울리지 않았다.

"잘 알죠. 여기 야간 알바도 했거든요. 폰 사고 싶다고 열심히 했는데 요즘 연락도 없이 안 나오네요."

"안 보인 지 얼마나 됐죠?"

"한 일주일쯤?"

청년은 새로운 교대자를 찾지 못해 지난 일주일간 편의점 점 주가 야간 알바를 대신했다고 설명했다. 그는 선우의 행방을 묻는 다영을 바라보며 그녀가 학교 선생이나 학원 강사일 거라 넘겨짚었다. 단정하게 오른쪽으로 타 넘긴 단발머리에 초여름 무더위에도 갖춰 입은 7부 재킷이 그 단서였다.

"혹시 선우네 학교 선생님이세요?"

청년은 선우를 만나면 전해주고 싶었던 것이 있었다.

"네, 선우 담임이에요."

청년은 담배 재고를 모아놓은 서랍을 열어 구형 스마트폰 하나를 꺼냈다. 고등학교 시절 그가 쓰던 거였다.

"그럼, 이것 좀 전해주세요."

청년이 멋쩍은 얼굴로 다영에게 핸드폰을 건넸다.

다영은 영수증을 재킷 호주머니에 욱여넣고 껌과 음료 세트를 들고 편의점을 나왔다. 그녀는 택시기사가 일러준 전봇대를 향해 걸음을 옮겼다. 빨갛게 녹이 슨 세발자전거, 한 짝뿐인 분홍색 삼선 슬리퍼, 꼬리가 한 뼘도 되지 않는 노란 고양이를 지나쳐 굽이치는 골목길을 묵묵히 걸어갔다. 서른 걸음에 한 번씩, 담벼락이나 다가구주택 철 대문 앞에 지번 주소가 붙어 있었다. 22-9는 아흔 걸음은 걸어야 도착할 만한 거리였다.

샌들 스트랩은 발등을 죄었고, 부윰한 공기에 잔기침이 쏟아졌다. 다영은 축축하게 젖어 드는 겨드랑이를 느끼며, 자신의 몸에서 시금하게 상해가는 옥수수 냄새가 난다고 생각했다. 그녀는 청년이 전해준 핸드폰을 물끄러미 바라보았다. 선우도 이 핸드폰으로 러닝패밀리를 하게 되면 다른 아이들처럼 학교에 나올까, 실없는 생각에 헛웃음이 나왔다. 그렇게 걷다 쉬다를 반복하며 골목의 절반쯤을 걸어 올라왔을 때, 22-9가 적힌 암녹색 철문이 나타났다.

철문 안엔 3층짜리 다가구주택이 병든 개처럼 가장자리 닳은 계단을 빼물고 있었다. 초인종은 붉은색 꼭지가 떨어져 나가 쓸모를 잃은 지 오래였고, 철문 또한 한쪽 경첩이 떨어져 기우뚱한 모양새였다. 다영은 철문을 지나 계단 앞에 섰다. 주소대로라면 3층이 선우의 집이었다.

계단을 오르는 다영은 갑작스러운 피로를 느꼈다. 만약 선우가 없다면. 아니, 있더라도 학교에 돌아올 생각이 없다면 어떻게 해야 할지 암담했다. 누군가 선우의 거취를 결정해서 문자메시지로 알려줬으면 좋겠다고 생각하며, 다영은 3층 새시 문 앞에 섰다.

"계십니까? 저 양선우 담임입니다. 선우 있니?"

손가락 한 마디만큼 열린 문 안에선 인기척이 없었다. 다영이 불안한 표정으로 주먹을 말아 쥔 뒤 새시 문을 두드렸다.

"양선우 학생 집 맞나요? 잠시 들어가도 되겠습니까?"

마지막이라는 생각으로 그녀가 목청을 높였을 때 새시 문 너머에서 희미한 음성이 들렸다.

"저…… 있어요."

다영은 자신의 귀를 의심했다. 먼지 더께를 뒤집어쓴 새시 문 안에서 새어 나오는 목소리는 금방이라도 꺼져버릴 것처럼 위태로웠다.

"선우니? 안에 선우 맞아? 선생님이야. 문 좀 열어줄래?"

헛걸음이 아니란 생각에 다영의 목소리에 생기가 돌았다.

"문…… 열렸어요. 선생님."

그녀가 새시 문에 귀를 바짝 들이대자 선우의 목소리가 조금 더 선명해졌다.

"그래, 선생님이 들어갈게. 어디 있어?"

다영이 새시 문을 열고 현관으로 들어섰다. 잎이 마른 화분이나 스프링이 튀어나온 소파, 더러운 수건 따위가 널려 있을 줄로 상상했던 집 안은 의외로 말끔했다. 크기가 다른 여러 켤레의 신발을 제외하곤 살림이 거의 없다시피 했다.

"안방이요. 저 안방에 있어요."

현관에서 마주 보이는 방문 안에서 선우의 목소리가 새어 나왔다. 다영은 방석 두 개와 4인용 탁자, TV가 전부인 거실을 가로질러 안방으로 향했다.

"선생님이 방문 열어도 되지? 집에 부모님은 계셔?"

안방 문손잡이를 돌리는 다영의 마음이 꺼림칙했다. 왜 선우가 현관으로 나오지 않고 자신을 안방으로 부르는지 좀처럼 짐작할 수 없었다. 그 애의 깡마르고 검은 얼굴과 부스스한 머리카락, 마디가 굵은 손을 떠올리자 다영의 손에 식은땀이 고였다.

"들어오시면…… 설명해드릴게요."

쥐어짜는 듯한 선우의 목소리에 다영은 마음을 다잡고 어깨로 방문을 밀었다. 그러자 옆으로 드러누운 선우의 파리한 얼굴이 드러났다. 지독한 지린내가 훅 끼쳐 다영은 손등으로 코를 막았다.

"왜 거기 그러고 있어?"

다영은 선우가 방 밖으로 나오지 않고 누워 있는 까닭이 궁금했다.

"죄송해요."

선우는 어둡고 창백한 얼굴을 찌푸리며 자그맣게 사과했다.

"일단 일어나 앉아봐. 선생님이 자초지종을 들어야겠다."

다영이 음료 세트 상자를 내려놓고 선우의 곁으로 다가갔다. 선우의 회색 추리닝 바지가 소변으로 젖어 있었다. 안방엔 장롱과 1인용 이부자리, 그리고 달력과 시계, 약봉지가 수북한 작은 탁자뿐 군더더기 살림은 보이지 않았다.

"일어설 수가 없어요."

선우는 오래 감지 않아 떡 진 머리를 가로저었다.

"혹시 어디 다친 거니?"

다영은 좀 더 세심하게 선우를 관찰했다. 지난주보다 훌쩍 야원 얼굴에 땀으로 젖은 몸이 눈에 들어왔다. 왼쪽을 바라보고 옆으로 누운 자세 같지만 오른팔과 어깨는 마치 모래밭에 파묻힌 것처럼 방바닥 아래로 가라앉아 보이지 않았다.

"다친 게 아니라 구멍에 빠진 거예요. 혹시 마실 것 좀 주실 수 있어요?"

선우의 말에 다영은 화들짝 놀라 음료 세트 상자를 열었다. 그러고는 포도 주스 하나를 꺼내 허겁지겁 뚜껑을 열었다.

"왼손에 쥐여주시면 돼요."

선우는 얕게 숨을 헐떡이며 그녀를 향해 손을 뻗었다.

"안방에 왜 구멍이 생긴 거야? 너무 낡아서 문제가 생긴 거니?"

다영에게서 주스 병을 넘겨받은 선우는 입술을 동그랗게 모아 음료를 꼴딱꼴딱 마시기 시작했다. 바싹 말라 거스러미가 올라오고 푸르죽죽했던 입술이 연보라색으로 물들며 조금씩 생기를 찾아갔다.

"저도 잘 몰라요. 어느 날 갑자기 구멍이 생겼거든요."

"너 혼자 팔을 못 빼겠으면 119 부르자. 선생님이 불러줄게."

다영이 숄더백을 열어 핸드폰을 꺼냈다. 손이 땀에 젖어 액정에 진득한 지문이 묻어났다.

"소용없어요. 먼저 빠진 사람들도 119부터 불렀거든요. 근데 모두 구조대가 오기 전에 구멍에 먹혔어요."

단숨에 주스를 비운 선우의 작은 눈에 물기가 어리었다.

"너무 어처구니없는 얘기다. 구멍이 살아 있기라도 하단 거야? 너 지금 나 놀리는 거니?"

다영은 선우의 말이 납득되지 않았다. 사람이 구멍 속으로 사라지다니. 그래 봤자 아래층 천장을 통해 바닥으로 떨어졌을 뿐일 텐데 어째서 사라졌다고 표현하는지 이해할 수 없었다. 그녀는 터치패드에 119를 힘주어 눌렀다.

"네, 119 상황실입니다."

구조대원이 바로 전화를 받았다.

"상락동 22-9번지 3층인데요."

다영은 묘한 안도감을 느끼며 주소를 불러주었다.

"네, 어떤 일이십니까?"

"안방 바닥에 난 구멍에 사람이 빠졌어요. 혼자 힘으로는 못 나오고 있는데, 출동 가능하시죠?"

다영의 말에 대답 대신 타닥타닥 자판 두드리는 소리가 돌아왔다.

"여보세요! 지금 와주실 수 있나요?"

그녀가 조금 언성을 높여 대답을 독촉했다.

"거긴 이미 같은 요청으로 세 번이나 출동했던 집이네요. 안방에 구멍이 뚫려서 몸이 빠졌다는 신고가 세 차례 있었고, 저희가 출동했을 땐 아무것도 없었어요."

구조대원의 말에 다영은 맥이 풀렸다. 지금 그녀의 눈앞엔 소변과 땀으로 젖은 소년이 숨을 헐떡이며 고통스러워하고 있었다.

"진짜예요. 구멍에 빠진 아이가 제 제자예요. 저는 담임이고요."

"네, 지난번엔 요양보호사가 전화하셨고, 아래층 사시던 아주머니도 신고하신 기록이 있네요. 하지만 출동할 때마다 사고 당사자도 신고자도 계시지 않았어요. 그리고 비슷한 신고가 요즘 너무 많아요. 매일 수십 번씩 헛걸음하고 있습니다."

다영은 구조대원에게 그간 얼마나 많은 대형 사고들이 소방관과 경찰의 방관에 의해 벌어졌는지 날 선 목소리로 늘어놓았다. '저 국민신문고에 정식으로 민원 제기할 겁니다'라고 일갈한 그녀는 문득 자신 또한 선우 입장에선 방관자가 아니었을까 가슴이 뜨끔했다. 소매 단추가 떨어진 채 등교하던 말이 없는 소년, 학기 초 학부모 상담에 아무도 찾아오지 않은 선우를 다영은 돌보지 않았다. 그녀가 이토록 냉담했던 건, 소년에겐 든든한 보호자가 없다는 걸 알고 있었기 때문일지도 몰랐다.

"네, 선생님 말씀 잘 알겠습니다. 출동하겠습니다. 그런데 지금 대원들이 명신병원 화재 현장에 출동해서, 약 30분 정도 시간이 소요될 거 같아요. 양해 부탁드릴게요."

구조대원이 눅은 목소리로 부탁했다. 씁쓸한 마음으로 전화를 끊은 다영이 고개를 들어 선우를 바라보았다. 암갈색으로 달아오른 얼굴에 밭은 숨을 헐떡이던 그의 검은 눈동자가 다영을 향했다.

"쌤, 안 온다고 하죠?"

선우의 메마른 물음에 다영이 고개를 가로저었다.

"아냐, 30분 안에 도착한대. 조금만 더 참아보자. 내가 왼팔 잡고 당겨볼까?"

"아뇨! 절대 안 돼요. 구멍을 자극하면 더 커지거든요. 그보다……."

선우가 말끝을 흐리고 얼굴을 찌푸렸다.

"그보다 뭐?"

"30분이나 버틸 수 있을지 모르겠어요."

"편안하게 팔을 늘어뜨리고 있어. 몸에 힘을 풀고 심호흡해보자."

다영은 여전히 이 모든 게 꿈처럼 느껴졌지만, 구조대가 도착할 때까지 선우를 안심시키는 게 최선이라고 생각했다.

"그게 아니라…… 동생이요."

"동생? 동생이 어디 있는데?"

선우의 말에 다영이 안방과 거실을 눈으로 훑었다. 잘 정돈되어 있지만 사람의 흔적이 느껴지지 않는, 산악 대피소 같은 집이었다.

"구멍 아래요. 지금 제 손을 잡고 있어요."

선우가 어금니를 깨물며 대답했다.

"대체 이게 어떻게 된 일인지 설명해줄 수 있니?"

그제야 다영은 어디선가 들려오는 여자아이의 울음소리를 느꼈다. 마치 이명처럼 길고 날카로운 흐느낌이 이어졌고, 선우의 오른쪽 어깨가 구멍을 향해 조금 더 기울었다.

*

최초의 구멍은 선우의 할머니가 발견했다. 5년째 치매를 앓으며 안방을 벗어난 적 없던 할머니가 어느 날 등교 준비를 하던 선우를 불렀다.

"얘, 여기 개미집이 생겼나 보다. 집이 늙어서 그래. 나처럼 늙어빠져서."

할머니의 한탄에도 선우는 태연했다. 치매는 엽렵하던 할머니를 철부지로 만들었다. 종이를 오려 가짜 돈을 만들어 숨기고, 흉측한 벌레가 생겼다며 집 안의 모든 화분에 락스를 퍼부었다.

"개미는 학교 갔다 와서 잡아줄게. 그러니까 너무 걱정하지 마."

선우가 백팩을 둘러멨을 때, 안방에 있던 속옷 차림의 할머니가 무릎걸음으로 기어 나왔다. 성긴 백발이 파뿌리처럼 뻗치고, 힘없이 처져 잇몸을 드러낸 아랫입술에선 묽은 침이 흘렀다.

"개미집이 내 리모컨을 가져갔어. 난 이제 무슨 재미로 살아?"

치매 노인의 말에 일일이 대꾸해주다간 오늘도 지각을 면치 못할 터였지만, 선우는 자신을 키워준 할머니를 모른 체할 수 없었다. 그의 엄마는 선우와 여섯 살 터울의 여동생 수현을 낳고 얼마 지나지 않아 이혼했다. 할머니의 말에 따르면 아빠는 결혼 전부터 애인이 있었다고 했다. 그 탓에 할머니는 어린 남매를 키워야 했지만, 집을 떠난 며느리를 손주들 앞에서 모욕하지 않았다.

선우는 분명 리모컨이 할머니의 팬티나 베갯잇 속에 들어 있을 거라 추측하며 안방으로 들어섰다. 할머니는 다시 돌쟁이 아기처럼 빠른 무릎걸음으로 선우를 따라와 장롱 앞 방바닥을 손가락으로 가리켰다.

"보아! 정말 개미집이 생겼잖니. 저기 바늘구멍처럼 까만 점 말이야. 개미가 얼마나 작은지 내 눈엔 보이지도 않아. 눈 좋은 넌 보이겠지?"

할머니가 구취를 풍기며 선우의 귀에 속삭였다. 정말 그녀가 가리킨 곳엔 검은 구멍이 뚫려 있었다. 원목 문양의 장판이 깔려 있었지만 훼손된 흔적 없이, 마치 처음부터 구멍을 내 시공한 것처럼 홈타기가 매끈했다.

"진짜 개미집 같네. 아빠 오시면 말씀드려야겠다. 참을 수 있지?"

선우의 말에 할머니는 황급히 고개를 가로저었다.

"그럼 텔레비전은 어떻게 봐. 내 리모컨이 빠졌다니까."

"저렇게 작은 구멍으로 리모컨이 어떻게 빠져. 비켜봐. 이불 속에 있는 거 아냐?"

선우는 해당화가 조야하게 프린트된 극세사 이불을 털었다. 원래 색이 뭔지 가늠할 수 없는 누런 베갯잇 지퍼를 열어 보고, 할머니를 일으켜 세워 팬티가 묵직한지 관찰했다. 하지만 리모컨은 끝내 나타나지 않았다.

"진짜 없다니까. 나 지금 정신 말짱해, 실험해볼래? 내 말이 진짠지 가짠지."

할머니는 머리맡에 노상 놓아두던 작은 손거울을 들었다. 그러고는 작고 검은 구멍 앞에 서서 손거울을 떨어뜨렸다. 선우는 침을 꼴딱 삼키며 손거울과 검은 구멍이 만나는 순간을 지켜보았다. 거울이 구멍의 표면에 닿았다. 그러자 구멍은 마치 환형동물처럼 검은 운두를 넓혀 거울을 꿀떡 삼키고 본래 크기로 줄었다.

"거울은 어디로 간 거야? 아래층에 떨어진 건가?"

선우는 본능적으로 할머니가 구멍 가까이 가지 못하도록 붙잡고 물었다.

"그야 나도 모르지. 아비는 대체 언제 온다니? 분명히 저 구멍은 네 계모가 만든 거야. 생전 코빼기도 안 비치던 년이 엊그제 삐쭉 찾아와서 식어빠진 가래떡 몇 줄 놓고 가면서 어찌나 혓바닥이 길던지."

할머니는 새 며느리를 고깝게 생각했다. 순진한 당신의 아들을 충동질해 가정을 파탄 내고, 천 원을 벌면 만 원을 쓰는 계집년이라고 욕을 했다. 그도 그럴 것이 선우의 새엄마는 처녀 적부터 다단계에 빠져 버는 것보다 영업비로 쓰는 것이 더 많았고, 손톱만 한 부동산 사무실을 운영하는 아빠가 생활비를 대다 엄마에게 관계가 들통나고 말았다. 여전히 새엄마는 다단계를 끊지 못했고, 아빠는 치매 어머니와 사춘기 남매를 끊어낸 채 도심의 신축 빌라에서 그녀와 살고 있었다.

"새엄마가 왜 온 건데?"

"느이 친엄마한테 양육비를 몰아서 받아내야겠대. 그래서 말을 맞춰야 한다고 선우, 수현이 너희를 당분간 데리고 있으면 안 되냐고 하더라. 그래서 내가 지랄 육갑 한다고 했어. 빈대도 낯짝이 있지, 그것들이 누구한테 양육비를 받아낸다는 거야. 그랬더니 저 구멍 난 자리에서 한참을 씩씩대다 가더라고."

말을 마친 할머니의 아랫입술은 고무줄이 풀린 것처럼 벌어졌다. 선우는 고개를 주억거리며 백팩을 내려놓았다.

"잠깐 앉아 있어. 아래층 내려갔다 올게. 가서 리모컨이랑 손거울 떨어졌는지 물어보게."

선우가 다정하게 두루마리 휴지를 풀어 할머니의 아랫입술에 고인 침을 닦아냈다.

"가지 마. 거기 뭐가 있을 줄 아니? 그냥 새로 사자. 나 돈 많아. 볼래?"

할머니가 팬티에 달린 작은 지퍼를 열어 종이에 엉성하게 그린 만 원권을 주섬주섬 꺼냈다. 선우가 돈을 받는 시늉을 하고 할머니의 창백한 뺨을 쓰다듬었다.

"부자 할머니 있어서 좋다. 근데 안 내려가보면 아래층 아줌마가 화낼지 몰라. 천장에서 리모컨이랑 거울이 떨어졌는데 얼마나 놀랐겠어."

선우의 말에 할머니의 표정이 누그러졌다. 벽시계를 확인한 선우는 불안함과 동시에 왠지 모를 안도감을 느끼며 현관을 나섰다. 그를 학교까지 실어 나를 버스는 이미 떠났을 시각이었다. 그는 아래층 여자의 얼굴을 떠올렸다. 키가 작고 몹시 뚱뚱한 체격에 회색 푸들을 품에 안고 다니는 평범한 중년 여자였다. 선우가 벨을 누르자 새시 문 너머에서 느리고 무거운 발소리가 들렸다.

"누구요?"

여자가 문을 열지 않은 채 갈라진 목소리로 물었다.

"위층 선우예요. 죄송한데 혹시 안방 천장에 구멍 같은 거 있는지 살펴봐주실 수 있나요?"

선우가 대답을 기다리는 사이 여자가 현관문을 열었다. 여자는 지난겨울부터 항암 치료를 받고 있었다.

"그런 거 없는데?"

성긴 머리를 감추려 눌러쓴 밤색 비니와 해쓱해진 얼굴이 선우는 낯설었다.

"아주 작은 구멍일 수도 있어요. 조금 전에 천장에서 손거울 하나 떨어지지 않았나요?"

"아니. 그런데 너흰 이사 안 가니?"

여자의 물음에 선우가 조용히 고개를 가로저었다.

"여긴 뭐든 사라지는 동네구나. 사람도 개도, 손거울까지. 그 구멍이란 거 나도 좀 보자. 너희 집 바닥이면 우리 집 천장이기도 하니까."

여자가 한숨을 내쉬며 맨발에 슬리퍼를 꿰어 신었다. 여자는 항암 치료를 받으러 병원에 가면서 일주일분의 물과 사료를 집 안 이곳저곳에 놓아두었다. 하지만 그녀가 수척한 몰골로 닷새 만에 돌아왔을 때 사료와 물은 그대로인 채 애완견만 없었다. 스스로 잠긴 문을 열고 나간 게 아니라면 집 안에서 사라졌다는 이야기였다.

3층에 당도한 선우와 여자는 안방으로 향했다. 놀라운 광경이 그들을 맞이했다. 그건 구멍이 할머니를 집어삼키는 모습이었다. 할머니는 욕조에 몸을 담근 것처럼 나른하고 편안한 얼굴로 구들장에 목만 내민 채 선우를 바라보았다.

"할머니! 어쩌다 이렇게 된 거야?"

선우가 달려들어 할머니의 얼굴을 덥석 끌어안았다.

"그러게. 어쩌다 보니 이렇게 됐어. 나쁘지 않아. 아래엔 시원한 바람도 불고 애들 뛰어노는 소리랑 새소리도 들리거든."

선우는 할머니의 쇄골 부근에서 가볍게 움찔대는 구멍의 근육을 바라보며, 자신의 힘으로 해결하긴 불가능하다는 걸 어렴풋이 짐작했다.

"하이고, 아주머니! 이를 어쩐대. 내가 119 부를게요. 선우야, 할머니 꼭 붙잡고 있어. 응?"

놀라기는 아래층 여자도 마찬가지였다. 그녀는 핸드폰을 꺼내 119를 누르고 눈앞에 펼쳐진 상황을 두서없이 설명했다. 그러는 사이 구멍의 근육이 조금 더 벌어지며 할머니를 턱밑까지 집어삼켰다.

"할머니, 가지 마아!"

선우가 온 힘을 다해 할머니의 머리를 끌어안았지만, 구멍의 움직임은 멈추지 않았다. 할머니의 주름진 입술과 뺨, 주저앉은 코와 늘어진 눈꺼풀이 물에 녹듯 서서히 구멍으로 빨려들어갔다.

"은진아! 너네 강아지 저 아래 있다! 쟤가 왜 저기 있누?"

구멍 아래서 할머니의 말소리가 카랑카랑하게 들려왔다. 핸드폰을 들고 초조하게 종종걸음 치던 여자의 눈이 화등잔만 해졌다.

"아주머니, 우리 개? 우리 순심이가 거기 있어요?"

여자가 바닥에 엎드려 고함을 내질렀다.

"그래, 너희 집 강아지가 아래 있다니까. 나 보고 반갑다고 꼬리 친다. 어머, 야!"

할머니의 말에 여자는 소리도 없이 울었다. 사람도 개도, 손거울과 할머니마저 사라지는 동네에 혼자 남고 싶지 않아서였다.

"선우야, 내 내복 서랍에 농협 통장 있거든. 그게 우리 전 재산이야. 아껴 쓰면 너 고등학교 졸업은 할 수 있을 거야. 그럼 네가 수현이 공부 가르치고, 나중에 둘이 같이 벌면 살지 않겠니? 네 아비한텐 아무 기대도 마…….."

할머니는 긴 여행을 앞두고 가족에게 남기는 안부 인사처럼 경쾌하고 활력 있게 마지막 당부를 남기고 사라졌다. 구멍은 마치 트림이라도 하듯 할머니의 체취가 섞인 시원한 바람 한 줄기를 남기고 얌전히 닫혔다. 너무 놀란 나머지 선우의 눈에선 눈물조차 나오지 않았다.

"아래……, 우리 순심이가 있다는 얘기 너도 들었지?"

아래층 여자의 차분한 목소리에 선우가 고개를 들었다. 여자의 창백했던 뺨에 발그스름한 홍조가 맴돌았다.

"아줌마, 곧 119 올 거예요."

선우는 앞으로 벌어질 일을 본능적으로 짐작했다. 여자는 점처럼 작아진 구멍을 노려보며 손을 뻗기 시작했다.

"이 구멍 말이야. 아무나 집어삼키는 게 아닌지 몰라. 어느 날 갑자기 사라져도 표 나지 않을 사람만 고르고 있는 거 같잖아. 아냐, 이건 확실해."

여자의 눈동자가 초저녁 금성처럼 요요히 빛났다.

"하지 마세요! 제발 그만요."

위험을 느낀 선우가 아래층 여자의 어깨를 두 손으로 꼭 붙잡았다.

"선우야, 나 난소암 말기래. 집주인이 이사 나가라고 말한 거 알지? 난 이사 갈 집도 없고, 가족도 없어. 순심이가 전부야. 또 아니? 저 아래로 내려가면 너희 할머니도 검은 머리카락이 나고, 내 난소도 말짱해질지. 난 이 세상에선 버림받았지만 저 아래 세상에선 선택받은 사람이야."

그게 여자가 지상에서 남긴 마지막 말이었다. 그녀는 선우의 손을 뿌리치고 구멍을 향해 다이빙하듯 몸을 던졌다. 그때 선우는 구멍 아래를 잠시 훔쳐보았다. 하얀 구름 사이로 드러난 푸른 들판 위에 수백 명은 족히 넘는 사람들의 검은 정수리를. 사과나

무엔 꽃과 열매가 동시에 맺혀 있고, 수정처럼 맑은 강엔 팔뚝만 한 연어 떼와 벗은 아이들이 헤엄을 쳤다. 들판을 향해 팔을 벌리고 낙하하는 아래층 여자를 가장 반기는 건 그녀의 개 순심이었다. 검은 눈동자를 반짝거리며, 헤벌어진 입으로 꼬리를 치는 순심이를 향해 여자가 기분 좋은 비명을 내질렀다.

선우가 멍하니 누워 천장을 바라보며 숨을 고르고 있을 때쯤, 구조대원들이 도착했다. 그들은 집 안 어디에도 위기에 빠진 사람이 없다는 걸 확인한 후 신고자인 아래층 여자에게 전화를 걸었다. 당연한 일이지만 여자는 전화를 받지 않았다.

"학생, 사람이 구멍에 빠졌다고 하던데 봤어요?"

구조대원의 질문에 선우가 넋 나간 얼굴로 고개를 끄덕였다.

"여기, 구멍…… 구멍으로."

선우는 방바닥에 난 구멍을 손가락으로 가리켰다. 구조대원 중 한 명이 피식, 헛웃음을 터뜨리며 구멍을 손가락으로 찔렀다.

"그러지 마세요. 위험해요!"

선우는 구조대원을 만류했지만, 그는 스스럼없이 구멍 위에 올라서서 가볍게 두 번 점프까지 했다.

"학생, 혹시 신고하신 분 만나면 우리 분명히 다녀갔고 이상 없었다고 전해줘요. 알았지?"

사십대 초반의 구조대원은 선우의 어깨를 토닥인 뒤 돌아섰다. 선우는 시치미를 뚝 떼고 있는 구멍을 원망스럽게 바라보았다.

*

다영은 어디에서 유래했는지 알 수 없는 기묘한 현상 앞에서 어깨를 움츠렸다. 그녀의 발치에 모로 누운 선우가 힘겹게 밭은 숨을 내쉬었다.

"구멍이 사람을 가린단 말이지? 그럼 언제 구멍이 다시 움직이기 시작한 거야?"

다영의 물음에 선우가 가까스로 고개를 끄덕였다.

"새엄마가 찾아왔을 때요."

할머니와 아래층 여자가 구멍으로 떨어지자 공포에 질린 선우는 짐을 챙겼다. 그게 어디가 되었든 구멍이 없는 곳으로 도망칠 셈이었다. 그때, 동생인 수현과 새엄마가 현관문을 열고 들어왔다.

"일주일만 와 있으라니까. 넌 억울하지도 않니? 너네 친엄마 부평에 다이소 차려서 돈 잘 벌고 산다더라. 집이 두 채래. 저는 호의호식하고 살면서 언제 너희 학원비를 한 번 보태줬어, 겨울에 잠바 한 벌을 사 줘봤어? 우린 정당하게 받을 거 받자는 거야!"

새엄마가 수현의 가냘픈 손목을 움켜쥐고 발을 굴렀다.

"우리가 언제 아빠랑 아줌마한테 학원비 받아 쓰고 잠바 얻어 입은 적 있어? 친엄마가 양육비 줘도 그거 둘이 먹을 거잖아. 진짜 비굴하게 왜 이래?"

수현도 호락호락하지 않았다. 새엄마의 손을 야멸치게 떨쳐낸 수현이 백팩을 메고 거실로 나온 선우와 마주쳤다. 깍쟁이 수현에겐 말이 안 통한다고 느낀 새엄마는 암범처럼 사납게 안방으로 돌진했다.

"어머니, 대체 애들한테 무슨 얘길 어떻게 했길래 이것들이 어미 말을 개밥에 콩처럼 여긴대요? 네?"

기세 좋게 안방으로 들어선 새엄마가 빈 이부자리를 보곤 고개를 돌렸다.

"오빠, 할머니는 어디 있어?"

수현도 안방으로 들어섰다.

"오빠, 할머니 잃어버린 거 아냐?"

수현과 선우는 할머니가 집 밖을 배회할까 봐 외출할 땐 현관문을 밖에서 걸어 잠갔다. 그 탓에 할머니는 늘 집 안에 있었고, 있어야만 했다. 당황한 수현과 달리 새엄마의 얼굴에 미소가 감돌았다.

"잘됐네. 할머니는 요양원에 모시고, 너흰 나랑 가면 되겠다."

새엄마가 들고 있던 핸드백을 이부자리 위에 내려놓고 할머니의 옷장 서랍을 거칠게 열었다. 쌈짓돈과 노령 연금이 든 통장이 그곳 어딘가에 있을 거란 계산이었다. 하지만 그녀의 짐작과 달리 통장은 선우의 백팩 안에 있었다. 내복과 자질구레한 손수건 따위밖에 없는 서랍을 몽땅 뒤집은 새엄마는 주워 담을 만한 게 없다는 걸 깨닫자 얼굴이 불긋불긋 달아올랐다.

"할머니는 구멍으로 사라졌어."

선우가 수현의 교복 소매를 잡고 조심스레 뒷걸음질 치며 말했다.

"그게 무슨 말이야? 이해되게 설명해봐."

수현이 뜨악한 표정으로 물었다.

"그게…… 그러니까, 못 믿겠지만……."

선우가 입안에 담겨 좀처럼 뱉어지지 않는 말을 쥐어짤 즈음, 안방에서 비명이 들렸다.

"선우야! 나 좀…… 나 좀!"

새엄마였다. 불뚝 성이 난 그녀가 철퍼덕 퍼더앉은 곳이 하필이면 구멍 위였다. 구멍이 엉덩이를 집어삼켜 새엄마의 허리가 폴더폰처럼 접혔다. 놀란 선우와 수현이 달려갔지만 선뜻 그녀를 향해 손을 내밀지 못했다.

"너희 뭐 하는 거야? 나 좀 꺼내줘. 꺼내달라고!"

선우는 수현에게 구멍에 대해 구구절절 설명하지 않기로 했다. 이미 눈앞에 펼쳐진 상황만으로도 영리한 수현은 모든 사실을 어림짐작할 수 있었다.

"저기로 할머니가 빠졌구나?"

수현이 선우에게 물었다.

"응, 아래층 아줌마도 빠졌고."

이제 곧 새엄마마저 구멍으로 사라질 거란 이야기는 생략했다.

"근데 오빠는 괜찮은 거야?"

"난 잘 모르겠지만 아까 구조대 아저씨들은 안 빠졌어."

두 아이는 새엄마가 어떻게 되든 상관없었다. 그저 이 수수께 끼 같은 일이 왜 그들 앞에 벌어졌으며, 구멍이 원하는 사람들의 조건이 뭔지 궁금할 뿐이었다.

새엄마는 욕을 퍼붓고 애라도 낳듯 소리를 내질렀지만, 할머 니의 입 속처럼 휑뎅그렁한 동네에서 도움을 구할 수는 없었다. 하지만 악착스럽게 팔을 휘젓고 허리를 팅겨대는 통에 구멍은 좀처럼 그녀를 한입에 집어삼키지 못했다.

시간은 가난한 사람들의 공과금처럼 차곡차곡 쌓여갔다. 새엄 마를 외면한 남매는 저녁밥 대신 컵라면 하나를 나눠 먹은 뒤 각 자의 잠자리로 파고들었다. 그리고 자정을 넘긴 시각, 아빠가 돌 아오지 않는 아내를 걱정하며 현관으로 들어섰다. 그는 침침한 거실에 불을 밝히고 기묘한 신음이 흘러나오는 안방으로 걸어갔 다. 물론 그곳엔 무릎이 이마와 맞닿은 아내가 시커멓게 질린 얼 굴로 남편을 맞이했다. 아빠는 엉덩방아를 찧곤 핸드폰을 꺼내 려 호주머니를 더듬거렸다. 그러나 불행히도 부부에겐 핸드폰이 없었다. 버는 족족 다단계에 돈을 밀어 넣다 보니 발신이 정지된 지 오래였다. 어찌할 바를 몰라 끙끙대던 아빠 눈에 낡은 폴더형 2G폰이 들어왔다. 아래층 여자가 놓치고 사라진 그것이었다. 아 빠는 떨리는 손으로 핸드폰을 열어 119를 눌렀다.

구조대원들이 도착해 현관문을 두드리는 소리에 선우와 수현 은 선잠을 깨고 말았다. 현관에는 남매의 운동화와 아버지 그리 고 새엄마가 벗어놓은 구두 두 켤레, 아래층 여자의 슬리퍼로 발디딜 틈이 없었다. 그제야 남매는 아버지마저 구멍에 빠졌을지 모른다고 생각했다. 그들의 염려는 사실로 확인되었다. 안방은 방금 물 내린 변기처럼 쏴아, 하는 바람 한 줄기뿐 사람의 흔적은 없었다. 허탈한 표정으로 남매를 바라보던 구조대원들이 들고 온 구급상자를 옆구리에 끼고 등을 돌렸다.

"다음 날 우리가 이 집에서 도망치려고 했을 때 요양보호사 아주머니가 찾아왔어요. 그 아주머니도 구멍을 믿지 않다 빠져 119를 불렀지만 결과는 같았죠."

선우는 노인처럼 느리고 숨 가쁘게 말했다.

"그럼 동생은? 실수로 빠진 거야?"

다영이 물었다.

"아뇨. 그 앤 일부러 뛰어들었어요. 어쩌면 구멍은 출구가 아닌 입구일지 모른다고요. 세상 밖으로 밀려나는 게 아니라 새로운 세상에서 다시 태어나는 거라면 손해 볼 것도 없다고."

그런 수현의 손목을 낚아챈 선우는 수없이 갈등했다. 정말 수현의 말이 맞다면 다행이지만 그게 아니라면 돌이킬 방법이 없었다. 선우는 아무런 대책도 없이 그저 자신의 악력이 갈등을 해결해주기만을 기다렸다.

다영은 흥건하게 젖은 선우의 겨드랑이 아래로 설핏 비치는 또 다른 세계를 훔쳐보았다. 몸을 축 늘어뜨린 잠옷 차림의 소녀가 오빠의 손 매듭을 풀기 위해 손목을 비틀었다.

"이제 그만 놔줘, 오빠. 부탁이야."

수현은 자신의 발밑에 펼쳐진 흰 구름과 푸른 들판이 더 이상 두렵지 않았다. 그녀의 눈에 저 멀리 할머니와 아래층 여자, 그리고 회색 푸들의 모습이 보였기 때문이다. 수현은 그들도 아무렇지 않게 착지했다면 자신도 실패할 리 없다고 생각했다. 하지만 수현의 부탁은 선우의 귀에 닿지 않은 채 공기 중으로 흩어졌다. 차라리 이렇게 된 거, 오빠와 함께 뛰어내리는 것도 나쁘지 않을 것 같았다. 그러다 수현은 문득 깨달았다. 구멍이 무슨 기준으로 사람들을 선별해 집어삼켰는지를.

그 순간 발밑 세상에 변화가 일어났다. 굉음과 함께 바람이 몰아치며 들판이 뒤틀리기 시작한 거였다. 파란 하늘이 순식간에 어두워지고 하얀 구름 대신 가장자리가 바늘처럼 뾰족한 별과 초승달이 허공에 맺혔다. 어느새 굉음은 일정한 리듬을 가진 그럴듯한 멜로디로 변했고, 꽃술처럼 화려한 폭죽과 함께 몇몇 사람들이 공중으로 부양하고 있었다. 겁을 집어먹은 수현이 자신과 어깨를 나란히 한 사람들을 바라보다 울음을 터뜨리고야 말았다.

발밑의 세상이 만화경처럼 움직이던 그때, 오빠 선우의 어깨와 목덜미, 그리고 얼굴이 구멍 안으로 빨려들었다. 몸이 더 빨리, 깊게 빠지기 시작해서 이제는 수현의 손을 놓거나 함께 가길 선택하는 수밖에 없었다. 선우는 다영에게 한 번 고갯짓을 하고 눈을 감았다.

"양수현, 나 너랑 같이 가려고."

구멍의 근육이 서서히 이완되기 시작했다. 이윽고 서로의 손을 마주 잡은 남매가 검은 슬라임처럼 출렁대는 또 다른 지상으로 낙하했다.

*

다영은 옅은 현기증을 느끼며 선우의 집 현관 앞에 섰다. 그녀는 편의점 알바생이 전한 핸드폰을 문 앞에 놓고 골목으로 걸어 나왔다. 그 곁을 냇내 풍기는 구급대원 둘이 지나쳐 갔다. 그곳엔 이미 아무도 없을 터였다. 누가, 왜, 무슨 이유로 그들을 집어삼켰는지 알 수 없지만 다영은 한시라도 빨리 이 섬뜩한 동네를 빠져나가고 싶을 뿐이었다.

선우가 구멍으로 빠져들던 순간 그녀는 좀 더 선명히 발밑 세상을 훔쳐보았다. 요란한 음악과 번쩍이는 별, 그리고 끈적한 어둠에서 끄집어낸 세 명의 사람들. 그건 게임 러닝패밀리의 실사판이었다. 아이들의 어깨 너머로 바라봤던 러닝패밀리는 유저가 세 명의 캐릭터를 골라 장애물을 뛰어넘어 최종 목적지에 도착하는 단순한 규칙이었다. 낮에는 푸른 하늘을 달렸고, 밤에는 별이 쏟아지는 어두운 하늘을 달렸다. 그때마다 변함없는 건 백그라운드 음악으로 올드팝 〈I Will Survive〉가 흘러나온다는 거였다.

다영은 자신이 본 게 진짜 러닝패밀리 속 세상이라면, 과학 선생이 한 말이 어쩌면 사실일지 모른다는 생각마저 들었다. 그리고 한 가지 추측을 보탰다. 지금까지 구멍에 빠진 사람은 모두 핸드폰이 없거나, 있더라도 2G폰을 썼다. 러닝패밀리를 하고 싶어도 할 수 없는 이들이었다. 구멍에 빠지지 않으려면 게임을 해야 한다는 게 다영의 결론이었다.

그녀는 플레이스토어를 열기 위해 핸드폰을 꺼냈다. 남편과 엄마의 부재중 전화 두 통, 그리고 해외 결제 내역 한 건이 도착해 있었다. 29.9달러가 대체 어디에 쓰였는지 알 수 없었지만, 지금 가장 급한 건 러닝패밀리를 다운로드해야 한다는 사실이었다. 그러나 스토어 어디에도 러닝패밀리라는 게임은 없었다. 포털 사이트에서 러닝패밀리를 검색했다. 게임 링크가 담긴 블로그에 들어가 다운로드를 시도했지만 이미 삭제된 파일이라는 메시지가 떴다. 다른 링크도 마찬가지였다. 다영은 마음이 조급해졌다.

골목을 내질러 편의점 앞에 다다른 그녀는 때마침 그 앞에서 담배꽁초를 신발 바닥으로 문질러 *끄는* 택시기사를 발견했다. 기사가 택시에 오르기도 전에 그녀는 뒷좌석에 미리 앉아 식은 땀을 닦았다.

"어디로 모실까요?"

택시기사가 텁텁한 담배 냄새를 훅 끼치며 운전석에 앉았다.

"훈민고등학교요."

다영은 땅거미가 내려앉은 변두리의 살풍경을 바라보며, 학교로 돌아왔다. 그녀는 정수기 앞에서 찬물을 석 잔 거푸 마시고도 몽혼한 정신으로 자신의 자리에 앉았다.

"학생은 만나봤어요?"

마주 앉은 과학 선생이 손가락 사이로 볼펜을 돌리며 물었다.

"그보다 정 쌤, 러닝패밀리 설치 파일이 삭제됐던데 신규는 안 받아주는 건가요?"

다영의 엉뚱한 대답에 과학 선생이 볼펜 돌리기를 멈췄다.

"그럼 아마 기존 사용자만 할 수 있을 거예요. 뭐든 유행이 있기 마련이니까요."

과학 선생의 말에 다영이 얕게 한숨을 내쉬었다.

"정 쌤, 러닝패밀리 괴담 말인데요. 리처드…… 그러니까 아까 말한 천재 물리학자 그 사람이라면 게임과 사람들의 실종을 어떻게 연관 지었을까요? 사라진 사람들은 어디로 가게 되는 걸까요?"

다영이 물었다.

"그러면 0과 1로 나눴을 거예요. 특정한 조건이 성립되면 자동적으로 분류되도록 프로그래밍했겠죠. 근데 그 특정한 조건값이 뭔지는 짐작도 안 되네요. 그리고 분류된 사람들은 아마……."

"아마?"

"데이터화돼서 어딘가에 모아두지 않았을까요? 아니면 다른 차원으로 격리했을지도 모르고."

과학 선생은 자신이 한 말이 스스로도 허무맹랑해 조용히 웃음을 터뜨렸다. 하지만 다영의 얼굴에선 핏기가 가셨다. 과학 선생의 추측이 맞다면, 그들은 구멍 밖으로 돌아올 수 없을 터였다. 단지 러닝패밀리를 하지 않는단 이유로 사라진 사람들이었다. 그리고 그게 자신이 될 수도 있단 사실이 아연했다.

그녀는 문득 10년 전, 자신의 외할머니가 위독했던 여름날을 떠올렸다. 곶감처럼 쪼그라든 얼굴의 구순 노인은 죽음 앞에서 의연했다. 할머니의 부윰한 눈동자가 곁에 병풍처럼 선 자손들을 고루 훑었다. 그러고는 놀랍도록 맑은 목소리로 말했다. 왜들 그러고 있니. 누구든 구멍에서 나와 구멍으로 들어가는 걸.

며칠 뒤 할머니는 구멍으로 들어갔다. 동그란 봉분으로 덮은 구멍 앞에 자손들의 이름이 새겨진 비석이 세워졌다. 장례식 내내 할머니의 말을 곱씹은 다영은 그리 슬프지 않았다. 사람들이 늙거나 병들거나, 혹은 운이 없어 자신이 나온 구멍으로 들어가는 일이 뭐 그리 대수인가 싶어졌다. 선우가 구멍에 잡아먹히는 걸 보고도 심장이 멎지 않은 건 살면서 구멍으로 사라진 이들을 이미 여러 번 겪어온 탓이었다.

다영은 사라진 사람들이 할머니의 말처럼 구멍으로 들어갔을 거라 짐작했다. 하지만 그들은 되돌아올 수 없다. 무덤을 헤치고 나오는 건 괴기 영화 속 좀비뿐이니까. 다영의 귓가에 익숙한 멜로디가 흘렀다.

*

   세율은 마음이 조급했다. 엄마가 데리러 오기 전에 할머니의 핸드폰으로 러닝패밀리를 해야 했다. 초등학교 2학년인 세율이의 친구들 모두 러닝패밀리를 했다. 유행에 뒤처지는 것도 싫지만, 무엇보다 가장 아끼는 캐릭터를 잃지 않기 위해선 매일 미션을 수행하고 레벨 업을 시켜야 했다.

   "느이 어미는 수업 시간도 아닌데 왜 전화를 안 받는다니. 하여간 팔자 편하게 살아."

   외할머니가 된장찌개에 가스 불을 올리며 혀를 찼다. 고등학교 국어 선생인 딸과 무역회사 과장인 사위는 제 자식을 맡겨놓고 툭하면 전화도 없이 늦었다.

   "할머니, 그럼 나 여기서 저녁 먹고 가는 거지?"

   세율이 할머니를 등 뒤에서 끌어안으며 할머니 바지 주머니에 든 핸드폰을 꺼냈다.

   "먹고 가야지, 어쩌겠누. 계란프라이 해줄게. 한 그릇 먹어."

   "나 그럼 겜 한 판만!"

   세율이 핸드폰을 들고 거실 소파에 벌렁 누웠다. 할머니가 눈을 흘겼지만 아이는 개의치 않았다. 어른들의 역정이나 서운함은 대개 이튿날이면 리셋된다는 걸 잘 알기 때문이었다. 어린 죽순처럼 보얀 아이의 손가락이 능숙하게 액정을 터치했다. 그사이 새로운 캐릭터가 업데이트되었다. 서른 개가 넘는 새 캐릭터

조합 중 세율이 고른 건 교복 차림의 남매와 허리가 굽은 할머니였다. 다른 캐릭터는 부모와 자녀, 또는 노인이나 중년의 조합이 많았는데 이렇게 교복을 입은 누나와 형은 처음이었다.

세율이 세 명의 캐릭터 중 얼굴이 까무잡잡하고 어딘가 침울한 표정의 형을 선택해 스타트 버튼을 터치했다. 캐릭터는 긴 팔다리를 휘저으며 별이 빛나는 밤하늘을 내달렸다. 별과 달, 박쥐와 솟아오른 성탑을 지나 이번엔 동굴로 향했다. 세율이 자신만만한 표정으로 종유석과 웅덩이를 피하며 점수를 올렸다. 하지만 얼마 지나지 않아 난관이 찾아왔다. 동굴이 끝나갈 즈음, 바위인 줄 알았던 검은 물체가 캐릭터의 앞길을 막아섰다. 트롤이라 불리는 장애물이었다. 검은 물체는 보글거리는 파마머리의 중년 여자와 가죽점퍼 차림의 중년 남자로 세율의 캐릭터를 압도했다. 종료 시간까지는 채 5초도 남지 않았지만 캐릭터는 한자리에 서서 줄곧 점프만 할 뿐 강력한 트롤을 격파하지 못했다. 세율의 입에서 낮은 한숨이 터져 나왔다. 도전 실패라는 메시지와 함께 형 캐릭터가 사라졌다.

이번엔 누나 캐릭터 차례였다. 언제 트롤이 나타날지 모른다는 생각에 바짝 긴장한 세율은 게임을 시작하자마자 터치를 실수했다. 눈이 크고 얼굴이 동그스름한 누나 캐릭터는 가뜩이나 작은 입술을 앙다물며 두 팔을 벌린 채 추락했다. 왜였을까. 세율은 누나 캐릭터가 사라진 검은 하늘을 물끄러미 바라보다 코끝이 매워졌다. 엄마가 육아휴직을 마치고 학교에 복귀하던 날, 어린 세율이 할머니 집 현관에서 바라보던 엄마의 모직 스커트 자락이 떠올랐다. 그때 만약 자신이 가지 말라고 울며 엄마의 모직 스커트에 매달렸다면 엄마는 무어라 대답했을지, 세율은 아직도 궁금했다.

"세율아, 와서 밥 먹어."

할머니의 목소리에 세율의 손길이 다급해졌다.

"응, 1분만!"

세율은 마지막 캐릭터인 허리 굽은 할머니 캐릭터를 터치했다. 진짜 노인이라면 걷는 것조차 쉽지 않았을 테지만, 캐릭터는 제법 날렵하고 노련했다. 별과 달을 건널 땐 지팡이를 걸어 몸을 붕 날렸고, 성탑에선 예상치 못한 선물 상자도 발견했다. 동굴에 들어갔을 땐 선물 상자에서 꺼낸 삽으로 종유석을 부수며 내달렸고, 웅덩이에서 기습한 트롤들을 향해 비녀를 날려 공격하기도 했다. 요란스러운 효과음과 함께 도전 성공이라는 메시지가 떴다.

"할머니 데이터 별로 없어, 애! 느이 어미가 요금 내주는데 한소리 듣게 생겼네."

할머니의 잔소리가 이어졌지만 세율은 러닝패밀리를 종료하지 않았다. 캐릭터 지갑을 열어 허리 굽은 노인 캐릭터와 검은 그림자로 남은 형과 누나를 바라보았다. 노인 캐릭터의 머리 위로 레벨 업을 상징하는 왕관이 생겼다. 이윽고 이벤트 알림 팝업이 올라왔다.

─잠깐! 소중한 캐릭터를 포기하지 마세요. 지금 부활 버튼을 터치하면 캐릭터가 진정한 자유를 얻습니다.

아이들 사이에서 러닝패밀리 괴담이 떠도는 이유였다. 러닝패밀리에 나오는 캐릭터는 모두 진짜 사람이고, 실수로 캐릭터가 추락하면 현실에서도 그들이 영영 사라지고 만다는 이야기. 하지만 그들을 다시 현실로 돌릴 수 있는 방법이 하나 있었다. 캐릭터가 추락한 뒤 5분 안에 게임 머니를 결제하고 부활 버튼을 누르면 됐다.

세율은 다른 아이들과 달리 게임 괴담을 진지하게 믿지 않았다. 하지만 눈길이 자꾸만 검은 그림자로 남은 소년과 소녀에게로 향했다. 그리고 설핏, 엄마의 모직 스커트 자락을 본 것도 같았다. 잘 갔다 올게, 라며 돌아서던 엄마의 뒷모습. 만약 잡는다면 잡혀주었을까.

"게임 그만하고 밥 먹으라니까. 할머니 힘들게 한 거 늬 엄마한테 다 얘기할 거야."

할머니가 세율의 겨드랑이 사이로 손을 집어넣어 일으켜 세웠다. 세율이 할머니 얼굴을 힐긋 바라보곤 부활 버튼을 터치했다.

"얘, 너 지금 뭐 눌렀어? 응? 뭐 누른 거냐고?"

부활 버튼을 누르자마자 결제 내역이 문자메시지로 날아왔다.

"잡아준 거야."

세율이 편안한 얼굴로 대답했다.

"잡긴 뭘 잡았다는 거야? 어머, 얘 뭐 결제했구나. 한국도 아니고 미국인가 봐. 이거 취소 어떻게 하는 거야?"

할머니가 호들갑스럽게 세율에게서 핸드폰을 낚아챘다.

소년과 소녀가 그림자로 존재했던 자리가 깨끗이 비워졌다. 그리고 트롤로 등장했던 중년 캐릭터 둘이 그 자리를 메웠다. 세율은 허둥대는 할머니를 뒤로한 채 식탁으로 달려가 숟가락을 쥐었다.

"괜찮아. 내가 했다고 엄마한테 얘기해도 돼. 나 용돈 모은 거 반납할 거야."

세율이 계란프라이를 씹으며 히쭉 웃었다.

"말이나 못 하면!"

거실에 켜놓은 텔레비전에서 오늘 낮에 불이 났던 명신병원 호스피스 병동에서 수십 명의 사람이 실종되었다는 뉴스가 흘러나왔다. 할머니의 손에 잡힌 핸드폰에서 러닝패밀리 업데이트가 시작되었다.

그리고 이 도시 한 귀퉁이, 허름한 다가구주택 현관 앞에 센서등이 켜졌다. 곤충의 날갯짓처럼 파닥거리는 조명 아래 까무잡잡한 얼굴의 소년과 눈이 큰 소녀가 서로의 손을 잡은 채 살며시 눈을 떴다. 둘 앞에 미세한 흠집이 가득한 구형 갤럭시A가 놓여 있었다. 이제 소년의 것이었다.

용서

춥다. 몸이 자꾸 움츠러들고 딸꾹질이 난다.

간호사를 불러보려 해도 생각은 좀처럼 말이 되어 입 밖으로 새어 나오지 않았다. 아마도 나는 여전히 중환자실에 누워 있을 것이다. 아랫도리가 벗겨진 채 다리 사이에는 일회용 패드가 채워져 있고 심장박동, 혈압, 산소포화도가 15인치 모니터에 그래프로 그려지고 있으리라. 아내는 하루 두 번 나를 만나러 이곳에 찾아온다. 면회 시간은 점심과 저녁 고작 20분뿐이다. 중환자실 문이 열리면 아내는 맹렬하게 달려와 아무 말도 없이 내 팔과 다리를 주물렀다. 조금이라도 감각이 돌아오길 바라는 마음이겠지만, 소용없는 짓일 터였다.

내 옆에 누운 청년은 오토바이 사고로 두개골이 함몰되었다. 간호사들끼리 나누는 대화를 들어보면 벌써 8개월째 여기 있다고 했다. 하루 수십만 원씩 나오는 병원비를 청년의 가족은 어떻게 감당하고 있을지 안타깝기만 했다. 어쩌면 청년도 나처럼 하루빨리 죽기를 바랄지도.

청년에 비하면 나는 살 만큼 살았다. 인생은 60부터라지만 가족이라고는 같이 늙어가는 아내를 제외하곤 자식조차 없으니 더 살아 지켜볼 경사가 없었다. 남들 말마따나 고작 예순두 살이지만 언제 대소변을 보는지 느낄 수 없을 만큼 나는 쇠약해져 있다. 내가 조금만 기력이 있었다면 내 몸에 주렁주렁 매달린 생명유지장치를 모두 끊어내고 싶은 심정이다.

중환자실에 들어온 건 열흘 전이다. 출근하려고 현관을 나서는데 여느 날보다 유독 선뜩한 추위를 느꼈다. 손을 주머니에 넣으려고 했지만 움직여지지 않았다. 들고 있던 서류 가방이 바닥에 나뒹구는 동시에 나 또한 앞으로 고꾸라졌다. 난간에 머리를 찧고 나동그라지는 순간에도 나는 덤덤했다. 올 것이 왔다는 생각뿐이었다.

아버지와 할아버지 또한 뇌졸중으로 돌아가셨다. 8년 전 나 역시 고혈압 진단을 받았지만 약을 복용하지 않았다. 아내에겐 미안한 일이지만, 매달 병원에 들러 약을 처방받아 오는 즉시 지하철 쓰레기통에 던져 넣었다. 삶이 지루했다. 늘 얌전히 내 몫의 일만 했고, 컴퓨터나 스마트폰이 상용화되었지만 나는 그 흔한 폴더폰조차 갖고 다니지 않았다. 교육공무원으로 30년 넘게 근무하는 동안, 나는 아이들이나 동료 교사들과 살갑게 지내지 못했다. 무능한 교사였고, 그 탓에 정년이 얼마 남지 않은 지금까지 평교사였다.

계단참에 거꾸러져 있는 걸 뒤늦게 발견한 아내가 구급차를 불러 대학병원으로 나를 실어 날랐다. 주름진 그녀의 손이 내 뺨을 어루만질 때 차라리 덜컥 암이라도 걸렸더라면 두둑한 진단금이라도 나왔을 텐데, 하고 적이 미안한 마음이 들기도 했다. 그래도 깨끗한 아파트 한 채가 있고, 아내 또한 교사이니 먹고사는 데 큰 문제는 없으리라.

의사는 수술이 불가능하다고 말했다. 병변 부위가 뇌간과 가까운 위치고, 이대로라면 2주를 넘기기 어렵다고 했다. 그때 나는 식물처럼 얌전히 누워 있었지만 마음속으로 안도의 한숨을 쉬었다. 아내를 더 고생시키지 않아도 된다는 안도. 병원비로 집을 담보 잡히거나 적금을 깨지 않아도 되겠다는 안도. 정년을 채우진 못했지만 그래도 연금이 나올 테니 자식 없는 아내가 홀로 억척스럽게 살아가지 않아도 되겠다는 안도. 그리고 이제야 고통에서 벗어날 수 있다는 안도. 수많은 안도가 나를 두려움에서 벗어나게 했다. 그렇게 나, 박혁필은 생의 마지막을 맞이하게 되었다.

그때 끝난 줄 알았던 경련이 다시 일었다. 얼음물을 뒤집어쓴 듯한 추위에 몸을 떨며 눈을 감았다. 사람들의 발소리가 다급하게 내 주변을 오갔다. 아내의 목소리를 들은 것도 같고, 누군가 내 이름을 힘껏 부른 것도 같지만 입술이 떨어지지 않았다. 온몸이 얼어붙는 느낌, 그리고 설핏 잠이 들었다. 짧지만 개운한 한숨이었다. 오랜만에 몸이 가뿐하고 정신이 맑다는 생각이 들었다. 빨리 죽기를 그렇게 고대했건만 이렇게 회생하고 말았구나, 조금 서글픈 생각이 들었다. 그렇다고 당장 병원을 나설 상황은 아닌 것 같았다. 나는 여전히 누워 있고, 아랫도리가 축축했다. 다만 달라진 것이라면 참을 수 없는 허기가 밀려든다는 점이었다. 중환자실로 침상을 옮긴 며칠 동안 나는 한 번도 배가 고프다는 느낌을 받은 적이 없었다. 쇄골 밑에 묻어놓은 카테터로 늘 영양제가 들어가고 있었기 때문이다. 그대로 죽었다면 참 좋았을 텐데, 삶이 다시 내 심장을 노크했다.

"깨몽, 일어났어요? 어디, 쉬야를 했나 응가를 했나?"

몸을 뒤치는데 웬 여자가 눈앞에 나타났다. 늘 중환자실에서 나를 돌보던 보라색 유니폼의 간호사는 아니었다. 긴 머리를 질끈 동여매고 헐렁한 티셔츠에 추리닝 바지를 걸친, 화장기 없는 젊은 여자였다. 게다가 나를 깨몽이라 부르고 있었다. 개 이름도 아니고 깨몽이라니.

"오빠, 기저귀 가지고 와봐. 깨몽이 쉬야 했어."

간호사의 복장이나 말투가 비현실적이다. 패드를 갈아주려는지 여자가 내 아랫도리를 들어 올렸다. 아무래도 새로운 문제가 생긴 것 같았다. 드디어 뇌간까지 혈관이 터져 환상을 보고 있는지도 몰랐다. 환상치고는 내 아랫도리를 만지는 여자의 손길이나 물티슈가 스치고 지나가는 느낌이 너무나 선명했다.

"소영아, 쟤 배고파서 그래. 갓난아이는 두 시간에 한 번씩 먹여야 한다고 책에 써 있는데?"

웬 남자가 여자 등 뒤로 보였다. 서른 전후의 건장한 체격이었다. 중환자실에 남자 간호사가 하나 있긴 했지만 그의 사무적이고 부루퉁한 표정과는 사뭇 달랐다. 새로운 간호사일까.

"그럼 젖 먹여야 되나 보다."

젖이라니!

여자가 내 옆에 드러누워 티셔츠를 들어 올렸다. 그러자 브래지어도 하지 않은 풍만한 젖가슴이 드러났다. 등 아래로 손을 넣고는 부드럽게 나를 감아 안았다. 갑자기 입에 침이 고이고 달콤한 젖 냄새에 혀가 먼저 발동했다. 망측하기 짝이 없는 환상이었다. 제발, 제발, 왜 나는 그냥 죽지도 못하는가.

"배고픈 거 맞네. 잘 먹는다."

여자의 희고 탐스러운 젖가슴에 얼굴을 묻고 허겁지겁 젖꼭지를 빨았다. 달고 비릿한 젖이 목구멍으로 넘어갔다. 오랜만에 맛보는 세상의 음식이었다. 하지만 이건 갓난아이에게나 허락되는 축복이 아니던가. 예순두 살의 중환자를 위해 간호사가 자신의 젖가슴을 허락할 리 없었다.

"깨몽아, 엄마랑 아빠는 우리 아가가 세상에서 제일 좋아. 건강하게 태어나줘서 고마워."

간호사가 또 이상한 소리를 늘어놓았다. 남자 간호사가 내 숱 없는 머리를 매만졌다.

"한번 박박 밀어주면 숱이 더 올라오려나?"

남자의 말에 여자가 눈을 흘겼다.

"안 돼. 육아책에 근거 없는 낭설이라고 적혀 있었어. 감염 위험도 있고."

배가 든든해지자 스르르 눈이 감겼다. 여자의 살냄새를 맡으며 미끄러지듯 깊은 잠에 빠졌다.

"오빠, 우리 아가 코 자네."

잠에서 깨어나면 이상한 소리를 늘어놓는 부부 대신 저승사자가 나타나길. 비현실적으로 달콤해서 염치없이 오래도록 머물고 싶은 이 환각이 끝나 있길.

*

며칠의 고민 끝에 나는 현실을 받아들이기로 했다.

나는 다시 태어났다. 나도 모르는 사이 뼈와 가죽뿐인 낡고 누추한 몸은 사라지고 보드랍고 따뜻한 새 몸이 생긴 것이다. 부부는 나를 계속 깨몽이라 불렀다. 뱃속에 있을 때부터 그리 지어 불렀다는데 어쩐지 경망스럽게 느껴졌다.

박혁필이라는 남자다운 내 이름을 들을 기회가 없게 되었다는 게 아쉽기는 했다. 어쨌든 나는 지금의 내 생활에 만족한다. 두세 시간에 한 번씩 '간호사!'라고 부르듯 목청을 돋워 울음을 터뜨리면 여자가 부리나케 뛰어와 젖을 먹이고 기저귀를 갈아주었다.

내가 누운 요는 항상 보송했고, 알코올 냄새 대신 아기 파우더와 섬유유연제 냄새가 나를 감쌌다. 밤이면 따끈한 물에 목욕을 시켜주었고 달콤한 향기가 나는 로션을 온몸에 발라주었다. 그사이 내겐 새로운 이름이 생겼다. 이룸, 남자의 성씨가 이씨(李氏)인 모양이었다.

죽기 전 나는 33년간 국어 교사였다. 졸업생 중에 드물게 나를 찾아와 갓 태어난 자식의 이름을 지어달라는 녀석들도 있었다. 작명가에게 가보라고 권했지만 그들은 막무가내였다. 그때마다 골머리를 앓았던 생각을 하면, 제 자식의 이름을 스스로 지은 내 부모가 대견했다. 박혁필이라는 이름보다는 요즘 세상엔 이룸이라는 이름이 더 그럴듯했다. 여전히 개 이름 같다는 생각이 들기는 했지만 말 못 하는 갓난아이가 어쩌겠는가.

남자는 여자를 소영이라고 불렀고 남자는 오빠라고만 불리니 이름을 알 수 없었지만 둘 다 꽤 낯익은, 좀 흔한 얼굴이었다. 기억을 더듬어보면 내게도 그 둘을 닮은 제자가 있었다. 여자는 김은희라는 반장 아이를 닮았고 남자는 최효진이라는 부반장을 닮았다. 은희와 효진이 살아 있었더라면 그들의 자식이라 해도 믿겠지만 아쉽게도 35년 전 그 둘은 세상을 떠났다. 내겐 고통스러운 기억이었다. 그걸 잊는다는 건 말이 되지 않았다. 내가 더 이상 삶을 욕망하지 않게 된 데에는 그 아이들의 죽음이 가장 큰 이유였으니 말이다.

산골짝에 틀어박힌 작은 여고에 부임한 첫해였으니까, 아마도 내 나이 스물아홉이 되던 때였다. 첫 담임을 맡은 아이들이었기에 나 역시도 새 학기가 되자 가슴이 설레었다. 우리 반 아이들은 온순하고 웃음이 많았다. 요즘처럼 핸드폰이 있던 때도 아니고, 피시방이 있던 때도 아니었다. 쉬는 시간이면 다 큰 아이들이 고무줄놀이를 하거나 교실 바닥에 퍼더앉아 공기놀이를 했다. 수업이 끝나면 나물을 캐러 가는 아이들도 있었고, 아침이면 교탁 위에 찐 감자나 덜 익은 딸기가 놓여 있기도 했다. 인근 중학교에 근무하던 아내를 만나 연애를 시작한 것도 그 무렵이었다. 어쩌면 그때가 내 인생을 통틀어 딱 한 번, 가장 빛나던 순간이었을지도 모르겠다.

중간고사를 마치고 우리는 경주로 수학여행을 떠나게 되었다. 스쿨뱅킹이 있던 시절이 아니라 학급비는 반장이 직접 걷어야 했다. 수학여행비는 3만 원 남짓했다. 산간벽지의 가난한 마을 세 개가 모인 작은 학교였으니 학부모도 학교도 가난했다. 다른 반도 그랬지만 우리 반 역시 마흔두 명 중 열다섯 명이 수학여행비를 마련하지 못했다.

은희와 효진이 스물일곱 명분의 수학여행비를 내 앞에 가져다 놓으며 그렁한 눈으로 고개를 숙였다. 은희와 효진이 역시 열다섯 명에 속하는 아이였다.

"선생님, 수학여행 못 간다는 애들이 많아서 이것밖에 못 모았습니다."

그 애들의 잘못이 아니었지만 왜인지 둘은 큰 잘못을 저지르

166

고 교무실로 불려 온 문제아처럼 주눅 들어 있었다. 수학여행을 가지 못하는 아이들은 학교에 남아 자율학습을 하게 되어 있었다. 선생도 없는 교실에서 열다섯 명의 아이들이 텔레비전으로만 보던 바다와 경주의 풍경을 상상하며 상대적 박탈감을 느끼게 된단 뜻이었다.

나는 반장 은희의 말에 대답할 말을 찾지 못해 잠시 멍하게 그 아이의 얼굴을 바라보았다. 그 시절에는 가난한 집 아이들이 공부를 더 잘했다. 부모의 가난을 대물림받지 않기 위해 악착같이 달려들었다. 저녁이면 부모를 도와 살림을 하고 어린 동생의 숙제를 봐주어야 하는 아이들은 잠을 쪼개서 남이 쓰고 버린 문제집을 지우개로 지워가며 무섭게 공부했다. 은희와 효진도 그런 아이들이었다. 평생을 산골짝에 갇혀 있던 아이들에게 세상 구경을 시켜주기 위해선 내가 무언가 하지 않으면 안 되었다.

나는 둘을 반으로 돌려보내고, 서울에서 입시 학원에 근무하는 선배에게 전화를 걸었다.

"선배, 자리 하나만 만들어줄 수 있어요?"

내 부탁에 선배가 후, 길게 한숨을 쉬었다.

"왜, 아버지가 보증이라도 잘못 서셨냐?"

"아뇨, 그런 건 아니고."

다른 선생들의 눈치를 보며 목소리를 낮췄다.

"근데 왜 공무원이 자리를 만들어달래?"

"딱 한 달만 하려고요. 가능해요?"

대답 대신 서류 넘기는 소리가 한참 들렸다. 나는 전화기를 붙들고 주변 눈치를 살폈다.

"꼴통 하나 있는데 맡아볼래? 집은 잘살아. 아버지가 검사라 나중에 걸려도 뒤탈은 없을 거 같고."

내가 선배에게 부탁했던 건 당시 몰래바이트라 불렸던, 현직 교사가 몰래 불법 과외를 하는 일에 나를 끼워달라는 거였다. 학교에 걸리면 파면당할 것이 뻔했지만 당시 나는 마흔두 명 모두에게 경주를 보여주고 싶은 욕심뿐이었다.

"할게요."

수학여행까지는 한 달 정도 시간이 있었다. 내 초봉으로 열다섯 명분의 수학여행비를 감당할 수는 없었다. 나는 모자라는 돈을 어느 부잣집 망나니 자식에게 과외를 해주기로 하고 선금을 받아 채워 넣었다. 매주 서울에 올라가는 버스에 앉을 때면 죄책감보다는 설렘이 앞섰다. 곧 깡촌 말괄량이 계집애 마흔두 명과 떠나게 될 첫 수학여행을 기다리며.

*

"룸아, 얘는 네 누나 아나라고 해."

여자가 하얀 솜뭉치 같은 고양이 한 마리를 내 얼굴 가까이 가져왔다. 꼭 영어 이름같이 들려도 내가 어렸을 때는 고양이를 부를 때 간혹 '아나'라고 부르곤 했다.

아나는 반짝이는 노란색 눈에 분홍 코를 가지고 있었다. 순한 녀석인지 여자의 품에서 조용히 나를 내려다보았다.

"아나, 룸이는 네 동생이야. 넌 착한 고양이지만 너무 가까이 가면 룸이가 놀랄지 몰라. 알았지?"

여자가 콧노래를 부르며 아나를 내려놓고 설거지를 하러 사라졌다. 저런 순한 얼굴을 하고 있어도 고양이는 육식동물인데, 무신경한 엄마 같으니. 나는 뾰로통한 마음으로 아나와 대치했다. 아나가 조심스러운 발걸음으로 내게 다가왔다. 코를 씰룩이고, 눈을 깜빡이며.

'너, 아직 기억하고 있지? 네 전생을 말이야.'

분명 아나가 내게 말을 걸고 있었다.

'놀랄 것 없어. 나도 고양이로 태어날 줄은 몰랐으니까. 마음으로 말해봐. 그냥 생각하듯이 마음으로 목소리를 내. 나도 그렇게 하는 걸.'

아나가 입을 달싹거리지 않지만 내게 말을 거는 것처럼 나의 생각 역시도 아나에게 전달될 수 있는 모양이었다.

'너는 누구냐?'

시험 삼아 마음속으로 목소리를 내보았다.

'너 전생에도 남자였구나? 난 여덟 번이나 환생했어. 매번 사람이 되진 못했지만 말이야. 그래서 기억이 계속 남아 있는 것 같아. 사람은 태어난 지 100일이 지나면 전생의 기억이 사라진다는데.'

아나가 꼬리를 살랑거리며 여자를 한 번 돌아보고는 더 가까이 다가왔다.

'지난번엔 말로 태어났다고. 경마장 알지? 게으른 기수를 만나 이가 득실대는 우리에 사느라 무척 괴로웠지. 파보 장염에 걸린 탓에 5년도 못 살고 죽어서 고양이로 다시 태어난 거야. 어쩌면 다음번에도 사람으로 환생하지 못할지도 몰라. 근데, 넌 어떤 사람이었어?'

나는, 어떤 사람이었던가? 수학여행비를 마련하기 위해 몰래 바이트를 하는 국어 교사였다고 말하고 싶진 않았다. 그땐 아니었지만, 지금은 후회로 남은 기억이다.

'뇌졸중으로 죽은 것 같아. 죄 많은 남자였어.'

분명 나는 죄 많은 남자였다. 마흔두 명의 목숨을 지키지 못한.

*

5월 18일, 아이들은 한껏 상기된 얼굴로 기차역에 모였다. 역 광장 한편에서 엄마가 싸준 찐 계란과 김밥을 벌써부터 꺼내놓고 먹는 아이도 있었고 조금 되바라진 아이들은 저희끼리 모여 입술에 분홍색 연지를 바르기도 했다.

10시까지 모이기로 했지만 대부분의 아이들은 밤잠을 설친 듯 퀭한 눈으로 9시 반도 되지 않았는데 역 앞에 집결해 있었다. 아이들을 두 줄로 세우고 은희와 효진에게 수를 헤아리라고 했다. 아이들의 인원을 확인한 후 순서가 앞선 반부터 기차에 올랐다. 총 229명의 아이들이 기차에 탔고, 제가끔 떠들어대는 통에 정신이 없었다.

"김은희, 노래 한 곡 해봐."

누군가 은희에게 노래를 청했다. 아이들이 박수를 치자 은희가 앞으로 나와 노래를 불렀다. 곡명은 잘 기억나지 않지만 그 아이가 눈을 지그시 감고 두 손을 모으고 노래를 불렀을 때 모두 입가에 미소를 지었던 것 같다. 아마도 은희라면 음악 시간에 배운 가곡을 불렀을지도 모르겠다. 은희가 수줍게 웃으며 자리에 앉자 아이들은 효진에게 노래를 청했다. 마흔두 명의 노래가 끝나고 내가 일어서 비틀즈의 〈A Day in the Life〉를 부르자 아이들이 환호성을 질렀다. 아이들이 두 눈을 반짝이며 나를 바라보는 것이 느껴졌다. 사춘기 소녀들의 첫사랑은 대부분 학창 시절 선생님이었다. 나 역시 그랬으니 말이다. 나는 노래를 마치고 멋쩍게 내 자리로 돌아가 맞은편에 앉은 은희와 효진이를 바라보았다.

두 아이가 잡고 있던 손을 다급하게 놓았다. 은희도 효진도 뺨이 붉어졌다. 그 아이들이 약지에 나란히 낀 은반지에 시선이 갔다. 우정 반지라면 소지에 끼기 마련이건만, 약지에 끼고 있는 모양새가 영 마음에 걸렸다. 얌전하고 말수 적고 여성스러운 은희와 달리 효진이는 운동도 잘하고 체격도 크고 목소리도 우렁찬 아이였다. 성향이 완전히 달랐지만 둘은 단짝이었다. 항상 붙어 다녔고, 다투는 법이 없었다. 그때 나는 어쩌면 두 아이가 서로를 좋아하고 있을지도 모른다고 생각했다. 우정이 아닌 사랑의 감정으로 말이다. 나는 못 본 척 시선을 차창으로 옮겼다.

나는 두 아이의 마음을 외면했지만 마음이 편하지는 않았다. 남자는 여자를 사랑해야 하고 여자는 남자를 사랑해야 하는 게 삶의 이치라고 믿었다. 짐승도 지키고 사는 그 이치를 인간이 어겨서는 안 된다고 생각하던 때였다. 고까운 마음이 들었지만, 그렇다고 몇 가지 정황만 놓고 아이들을 야단칠 수도 없는 노릇이었다. 나는 열차가 경주에 도착할 때까지 내내 은희와 효진이를 외면했다.

기차는 여섯 시간 만에 경주에 도착했다. 아이들은 긴 여행 동안 서로의 어깨에 기대어 잠이 들었기 때문에 은희와 효진이 일일이 깨우러 다녀야 했다.

"여기서 숙소로 바로 가는 게 아니라 천마총하고 첨성대 관광을 할 거야. 저 앞에 있는 관광버스에 올라라. 이따 가방 검사할 거야. 술이나 담배 같은 거 챙겨 온 놈들은 지금 자수해."

서넛의 아이들이 머뭇거리며 가방 안에서 술이 든 물병을 꺼내놓았다. 순진한 것들, 속으로는 미소 지었지만 나는 근엄한 표정으로 물병을 수거했다. 은희와 효진이 나서서 인원을 확인하고 '3-1'이라고 적힌 버스로 아이들을 인솔했다. 점심은 버스에 앉아 각자 싸 온 도시락으로 해결했다.

"선생님, 엄마가 감사하다고 이거 전해드리래요."

달리는 버스 안에서 은희가 내게 나무 도시락 하나를 내놓았다. 나는 당시 연인이었던 아내가 싸준 도시락을 내려놓고 나무 도시락을 받아 들었다. 은희가 앞니를 드러내며 싱그럽게 웃었다. 도시락을 열자 얌전하게 배열된 김밥이 눈에 들어왔다. 고소한 깨소금 냄새가 입맛을 돋우었다. 나는 손을 씻지 않은 것도 잊고 얼른 김밥 하나를 집어 입에 넣고 은희에게 웃어 보였다. 은희와 효진에 대한 의혹은 여전했지만, 그걸 여행 내내 대놓고 드러낼 수는 없는 일이었다.

"선생님은 은희만 편애해요."

누군가 뒤에서 소리쳤고 아이들이 박장대소하자 은희가 고개를 돌려 효진을 바라보았다. 커다란 주먹밥을 입에 욱여넣은 효진이 슬그머니 고개를 돌려 창밖을 바라보았다. 짧게 커트 된 효진의 목덜미가 유난히 시려 보였다.

"김은희는 계속 최효진 옆에만 앉지 말고, 내 옆에서 노래나 좀 불러다오."

나는 배배 꼬인 마음으로 은희를 붙잡아 앉혔다. 그때 효진은 어떤 심정이었을까. 지금의 나로 그 애들을 다시 만난다면, 그럴 수만 있다면.

*

"엄마는 우리 이룸이만 편애해요."

여자가 내 머리를 쓰다듬으며 나직하게 말했다. 남자가 여자

무릎 앞에 벌렁 누워 어린애처럼 뒹굴었다.

"난 당신 신랑인데 이름이 절반만큼이라도 예뻐해주면 안 되나?"

"생일도 같으면서 나보다 몇 분 일찍 태어났다고 오빠라고 부르라는 사람, 뭐가 예뻐?"

둘이 동갑내기에 생일까지 같다는 걸 이제야 알게 되었다. 부부는 서로 티격태격하면서 웃었다. 마치 은희와 효진이 수학여행 내내 두 손을 잡고 깔깔대며 장난치듯, 부부는 서로의 손을 깍지 끼고 행복한 얼굴로 나를 바라보았다.

"눈은 오빠를 닮은 거 같아. 좀 처졌잖아. 코는 나 닮은 거 같고."

"애들은 커봐야 알아. 내가 보기엔 눈도 소영이 너 닮은 거 같은데?"

부부가 나를 사이에 놓고 소곤소곤 대화를 나눴다. 나는 잠든 것처럼 눈을 감고 있었지만 부부의 대화를 엿들으며 전생의 기억에 잠겼다.

*

수학여행 첫날은 천마총과 첨성대 관광으로 끝이 났고 숙소에 도착한 우리는 식당에 모여 늦은 저녁을 먹었다. 그러고는 아이들이 자유 시간을 갖는 동안 나와 선생들은 마당에 모여 앰프와

마이크, 라디오를 설치했다. 수학여행의 꽃, 디스코 타임을 위한 준비였다.

놀기 좋아하는 아이들은 미리 준비한 짧은 미니스커트를 입고 우르르 몰려다녔다. 은희와 효진도 몸에 꼭 맞는 티셔츠와 청바지를 입고 마주 보며 춤을 추었다. 나는 동료 교사들과 소주를 마시고는 아이들 방에 들어가 훈화의 말을 몇 번이고 지겹게 늘어놓다, 은희와 효진의 부축을 받고 겨우 방으로 돌아가 잠이 들었다.

새벽녘, 화장실에 가려고 잠에서 깬 나는 슬그머니 숙소를 나와 아이들이 잘 자는지 방문을 조심스레 열어보았다. 한방에는 대여섯 명의 아이들이 있었고, 하나같이 말간 얼굴로 곯아떨어져 있었다. 맨 마지막 방, 은희와 효진이 있는 방문을 열기 전, 나는 손바닥에 땀이 배어 나오는 걸 느꼈다. 그냥 지나칠까 잠시 고민했던 것도 같다. 그러나 이미 손은 문고리를 잡아당기고 있었다. 달빛 아래에서 여섯 명의 아이들이 제각각의 자세로 잠들어 있었다. 그때 벽 쪽에서 이불을 뒤집어쓰는 두 아이가 있었다. 은희와 효진일 터였다. 그 시간까지 잠들지 않은 채 소곤소곤 이야기를 나누던 두 아이. 나는 그 두 아이가 누구인지 확신했지만 그저 "자라", 한마디를 남기고 문을 닫았다. 심장이 쿵쿵 뛰고 취기가 사라졌다. 여행에서 돌아가면 둘을 불러 앉혀놓고 무슨 이야기가 되었든 너희의 감정이 옳지 않다는 걸 설명해주어야겠다고 마음먹었다.

이튿날, 아이들을 이끌고 불국사와 석굴암을 돌아본 후 숙소로 돌아오고 나서 아이 한 명이 배탈 나는 바람에 근처 병원으로 업고 뛰어간 일이 있었다. 약간의 소란이 벌어지긴 했지만 그리 새로울 것도 특별히 재미있는 것도 없는, 내 학창 시절부터 그래 왔던 평범한 수학여행이었다.

마지막 날, 나는 아이들을 버스에 태우고 어디로 갈 것인지 말해주지 않았다. 일정표에는 문무대왕 해중릉 관람이라고 되어 있었지만, 그보다 아이들이 좋아할 것은 감포의 푸른 바다일 것이다. 나는 책임자로 따라온 교감 선생님에게 허락을 받고 버스 기사에게 해안 옆 국도로 노선을 변경해달라고 부탁했다. 그러고는 맨 앞자리에 앉아 안전벨트를 매고 잠시 눈을 감았다. 의식하지 않으려 해도 룸미러로 자꾸 은희와 효진의 모습이 보여 어쩔 수 없이 잠을 택한 것이었다.

잠든 지 10분쯤 지났을까, 이상한 기운에 눈을 떴다. 아이들이 비명을 지르고 여행 가방이 복도를 나뒹굴었다. 관광버스가 도로 위에서 회전하고 있었다.

어젯밤 내린 비로 노면이 미끄러웠던 것이다. 차는 그길로 도로를 벗어나 해송 군락으로 추락했다. 부지불식간에 닥친 일이라 나는 아이들을 챙기긴커녕 안전벨트에 몸을 대롱대롱 매달고 정신을 차리려 애쓰는 것밖에 할 수 없었다. 마흔두 명의 제자들이 의자에서 튕겨 나오며 새된 비명을 내질렀다. 운전기사는 이미 차창을 뚫고 들어온 해송에 가슴이 관통되어 꿈쩍도 하지 않았다. 그때 또 한 번 버스가 심하게 요동쳤다. 뒤따라오던 시내버스가 미끄러지며 우리 버스의 옆구리를 들이받은 것이다.

버스의 움직임이 멎었을 때 나는 물에 젖은 헝겊 인형처럼 늘어진 아이들을 마주한 채 끊어질 듯 위태로운 안전벨트에 여전히 몸을 의지하고 있었다. 해안을 구경하느라 안전벨트를 푼 아이들의 팔과 다리는 플라스틱 인형처럼 기괴하게 꺾여 있었고 몸 곳곳에서 피가 나고 있었다. 은희와 효진도 서로의 손을 잡은 채 머리에서 진홍색 피를 흘리며 운전석 옆에 구겨진 듯 웅크리고 있었다. 그날의 기억은 거기에서 끝이 나버리고 말았다.

*

"이룸이는 전생에 우리랑 무슨 인연으로 태어난 걸까? 나는 가끔 그게 궁금하더라."

여자가 팔로 나를 감싸 안고 얌전하게 벗겨놓은 사과를 베어 물었다.

"난 전생 같은 거 안 믿어."

남자도 사과를 씹으며 여자의 무릎에 제 머리를 올려놓았다.

"다리 저려. 그리고 오빠 너무 현실적이야. 그래서 재미없어."

사과를 씹는 부부의 얼굴이 은희와 효진으로 겹쳐 보였다.

'그런 일이 있었군.'

아나가 안방에서 걸어 나와 남자 배 위에 앉았다.

'내 생각을 모두 읽은 거야?'

아나는 마음으로 내는 목소리만 들을 수 있는 게 아닌 모양이
었다.

'어쩌면 두 사람은 은희와 효진일지도 몰라. 내가 말이었을 때
두 사람은 각자의 부모님 손에 이끌려 경마장을 찾은 적이 있어.
그때 둘을 처음 만났지만 지금은 전혀 기억하지 못할 거야. 작고
귀여운 손으로 내게 먹이를 주었지. 난 병이 들어 경기에 나갈 수
없는 대신 그런 구경거리가 되었거든. 다른 아이들은 말을 무서
워했지만 두 아이는 달랐어. 난 그 인연으로 이번 생에 두 사람과
함께 살게 된 거야. 모든 일엔 다 이유가 있어. 네가 이 집에 태어
난 것도, 이제 죄책감에서 벗어나도 된다는 용서의 의미일지 모
르지.'

나 역시 그 사고로 1년 동안이나 휴직해야 했다. 양팔이 다 부
러지고 몸과 마음이 많이 상했기 때문이다. 만약 열다섯 명분의
수학여행비를 마련하지 않았더라면 적어도 그만큼의 아이들은
살아 있었을 텐데, 하는 생각으로 괴로웠다. 게다가 마지막에 노
선을 바꾼 것이 사고의 단초이기도 했다. 내가 그때 순리대로 내
버려두었더라면 은희와 효진은 무사히 대학에 진학하고 졸업하
여 어느 회사 경리가 되었거나 시집을 갔을지도 모른다. 아니, 남
들과는 조금 다른 삶이지만 둘이 함께 행복하게 늙어갔을지도
모를 일이다.

마흔두 명의 죄 없는 아이들과 한 명의 인솔 교사 중 살아남은
쪽은 죄 많은 교사 한 명이었다. 나는 한평생 마흔두 명 아이들을

가슴에서 지우지 못했다. 한 명 한 명의 이름과 목소리가 떠올라 잠을 설쳤고 길에서 비슷한 아이들을 만나기라도 하면 가슴이 철렁 내려앉았다. 내가 환생했듯 마흔두 명의 아이들도 다시 태어나지 않았을까, 하는 생각이 들었다.

"내 생각엔 말이지. 오빠랑 나는 전생에 베프였을 거 같아. 지금도 나는 오빠가 남자 같지 않아. 그냥 친구 같지. 그래서 좋아."

여자가 생글생글 웃으며 하나 남은 사과를 남자 입에 밀어 넣었다.

"친구끼리 애 낳고 사냐? 그리고 나는 전생 같은 거 안 믿는데도."

남자의 시선이 텔레비전에 고정되어 있었다.

"이룸이 더 크기 전에 결혼사진이라도 찍어야 할 텐데."

그 말에 남자가 벌떡 일어나 방으로 들어갔다. 불시에 남자의 배 위에서 튕겨진 아나가 미간을 구겼다. 여자의 얼굴에도 아쉬운 기색이 역력했다. 둘은 아직 결혼식을 올리지 못한 모양이었다. 무언가를 뒤지는 소리가 들리더니 이내 남자가 거실로 나와 여자에게 수첩 같은 무언가를 전해주었다.

"이게 뭐야?"

"뭐긴, 통장이지. 미안하다, 못난 남편 만나서 아직까지 식도 못 올리고. 1년 전부터 야근수당 모았더니 꽤 되네. 내일 예식장 알아보러 가자. 이룸이 백일잔치 겸 조촐하게 하지 뭐."

여자가 비명을 지르며 나를 꼭 끌어안았다. 그녀의 눈에서 떨어진 미지근한 눈물방울이 내 볼에 흘러내렸다.

"고마워. 나 지금 행복해."

'인간이란 참 이상해. 동물들은 그깟 결혼식 없이도 잘 먹고 잘 사는데, 왜 그런 데다 돈을 쓰지? 맛대가리 없는 사료나 좀 바꿔주면 좋으련만.'

아나가 뾰로통한 표정을 짓고 소파 위에 똬리를 틀었다.

*

점점 전생에 대한 기억이 희미해져갔다. 아이들의 얼굴도, 아내의 냄새도, 내 이름조차도 기억하기 어려웠다. 제법 목을 가눌 수 있게 되었고 배가 고파지는 간격도 길어져 네 시간에 한 번씩 젖을 먹었다. 여자는 웨딩드레스를 맞추느라, 미용실을 예약하느라 바빴다. 덕분에 나도 바깥 구경을 실컷 하게 되었다.

아나는 혼자 있는 시간이 지루하다고 불평했지만 이제 일주일에 한두 번 내게 말을 걸 뿐 점점 우리의 소통은 뜸해졌다. 내가 태어난 지 백일이 되는 날, 부부는 결혼식을 올렸다. 나는 여자가 사 준 조그만 양복을 입고 외할머니라는 사람의 품에 안겨 결혼식장에 갔다. 드레스를 입고 머리를 올린 여자는 낯설었지만 놀랍도록 아름다웠다. 나는 여자의 품에 안겨 플래시 세례를 받았고 친척들의 팔에서 팔로 옮겨 다니느라 고단했다.

결혼식 내내 여자가 울었고 남자는 경직된 얼굴로 여자의 뺨에서 눈물을 거둬들였다. 가족사진을 찍고 마지막으로 부부의 친구들이 기념 촬영을 위해 모였다. 친구의 뒤늦은 결혼을 축하하기 위해 찾아온 이들이 저마다 함박웃음을 머금고 있었다.

"혼수 엄청 큰 거 해 가네."

단발머리 여자가 내 볼을 손끝으로 간질이며 속삭였다.

"오늘 밤 꼭 둘째 만들어라."

진회색 양복을 입은 남자가 남자의 엉덩이를 손바닥으로 토닥거렸다.

"신부가 웃으면 딸이라는데 계속 눈물만 흘리니 또 아들 아냐?"

진주색 원피스를 입은 여자가 깔깔댔다.

"인마, 축하한다. 여행 갔다 와서 한턱 제대로 쏴. 나 부조금 크게 냈다."

친구들이 부부에게 축하의 말을 건넨다. 신기하게도 그들 모두 익숙한 얼굴이었다.

"거기 키 큰 두 분 뒤로 올라가시고요, 단추 잠그세요. 가운데 두 분은 고개 살짝, 아니 조금만 더. 네, 좋습니다. 사진 찍습니다. 하나…… 둘…… 셋!"

그러고 보니 우리를 향해 셔터를 누르는 사진기사 또한 낯설지 않았다. 부부의 친구들은 모두 마흔 명이었다. 낯익은 마흔두 명이 카메라를 향해 미소 지었다. 이 사진이 인화될 즈음, 나는 모든 기억을 잊을지도 모른다. 어쩌면 오늘 한숨 자고 나면 모든 기억이 연기처럼 사라질지도.

　나는 이유도 없이 으앙, 울음을 터뜨리고 말았다. 그러자 마흔
두 개의 용서가 천천히 다정하게 내 등을 부드럽게 두드려주었
다. 아니, 사진기사까지 마흔셋의 용서가.

어느 날 개들이

수요일의 급식은 잔치국수였다. 때마침 비가 내렸고, 먹성 좋은 아이들은 남의 그릇 국수까지 널름대느라 젓가락이 바빴다. 그러나 유독 조이만 손대지 않은 식판을 들고 수거함으로 향했다. 단짝인 윤서가 앞니로 국수 가닥을 끊어내곤 다급히 조이를 따라 급식실을 나섰다.

"임조이, 너 왜 안 먹어? 국수 좋아하잖아. 이거라도 먹을래?"

윤서가 후식으로 챙겨 온 파인애플 주스를 조이에게 내밀었다. 주스 병에 비친 조이의 얼굴 위로 식은땀 같은 물기가 송골송골 맺혔다.

"내가 지금 목구멍으로 밥이 넘어가겠냐. 박연수하고 같은 조 됐잖아. 그런 꼴통 사이코패스랑 윤사 수행평가를 어떻게 준비해. 생각할수록 킹받네."

조이가 파인애플 주스를 꿀딱꿀딱 삼켰다.

연수는 3학년 중 가장 위태로운 아이였다. 거의 매일 지각을 했고, 수업 시간엔 재킷을 암막 커튼 삼아 자는 게 일상이었다. 반 아이들 눈에 그는 밤새 게임을 하느라 벌겋게 충혈된 눈과 떡 진 머리, 이따금 풍기는 담배 냄새까지 뭐 하나 곱게 봐줄 만한 곳이 없는 아이였다. 그러면서도 점심시간만 되면 경쟁자들을 어깨로 밀쳐내고 급식실 가장 좋은 자리를 차지했고, 빈 식판을 그 자리에 내버려둔 채 다시 교실로 향했다.

"박연수면 좀 그렇긴 해. 그래도 같은 조 김태현은 회장인 데다 매너도 좋잖아. 걔랑 둘이 하면 되겠네."

윤서의 위로에도 조이의 울화는 좀처럼 가라앉지 않았다. 그녀는 내심 태현을 좋아했고, 그 애 앞에서 지금처럼 꼴사납게 성미를 부릴 일이 생길까 봐 두려웠다.

"야, 김태현 온다. 니가 먼저 말 걸어봐. 둘이 친해져야 되잖아."

윤서가 조이의 옆구리를 쿡 찔렀다. 아이돌처럼 멀끔한 얼굴에 깨끗한 손톱, 피부, 늘 짧고 단정하게 정리된 머리와 교복의 태현이 무지개색 팝잇을 터뜨리며 복도 맞은편에서 걸어왔다.

"김태현, 시간 있음 조별 과제 얘기 좀 할래?"

조이가 어색한 미소를 띠며 태현에게 말을 붙였다. 같은 반이 된 지 고작 석 달밖에 안 되었고, 정식으로 대화를 나눈 건 오늘이 처음이었다.

"지금?"

조이가 고개를 끄덕이자, 태현이 날렵하게 입꼬리를 들어 올리며 엄지로 도서관 앞 벤치를 가리켰다.

"난 먼저 교실 가 있을게. 이따 봐, 조이."

윤서가 눈치껏 자리를 비켜주자 조이와 태현이 자연스레 도서관 방향으로 걸음을 옮겼다. 태현은 자판기에서 음료 두 병을 뽑아 그중 하나를 조이에게 건넸다. 방금 마신 파인애플 주스였다.

"나 있는데……."

조이는 태현에게 의외로 허당 기질이 있다는 사실이 귀엽게 느껴졌다.

"아, 미안. 물어보고 뽑았어야 했는데. 그럼 과제 얘기 해봐."

조이는 곁에 붙어 앉은 태현의 교복에서 묻어나는 옅은 섬유 유연제 냄새가 그와 참 잘 어울린다고 생각했다.

"박연수 말이야, 걔 빼고 우리 둘이 과제하는 건 어때? 걔가 토론에 참석할지 알 수도 없고, 보고서도 우리한테 미룰 게 뻔하니까. 아예 없는 셈치고 이름만 넣어주자."

태현은 선뜻 대답하지 못했다. 그는 정해진 규칙을 반드시 지키도록 어머니에게 교육받았지만, 학년 중 가장 열등생인 연수 때문에 수행평가를 망치고 싶지는 않았다.

"왜, 고민돼? 솔직히 박연수한테는 개이득이지. 우리가 알아서 수행 20점 따준다는데 마다할 이유가 없잖아. 의무 없이 권리만 선물한다고 생각하자, 응?"

조이의 말에 태현이 살포시 미소 짓고는 고개를 끄덕였다.

"지금 누굴 개돼지로 아나?"

그때 두 사람 사이로 심드렁한 목소리가 끼어들었다. 도서관 입구에서 팔짱을 낀 채 둘을 지켜보고 있던 연수였다. 공부와는 담쌓고 지냈지만 점심시간 낮잠을 자기엔 도서관만 한 곳이 없었던 탓이다.

"김태현, 걱정 마. 내가 잘 설명할게."

자신이 먼저 제안한 일에 태현을 곤란하게 만들기 싫은 조이가 아랫입술을 깨물며 벤치에서 일어섰다.

"개돼지라니. 우린 그런 말 한 적 없어. 들었으니 알 거 아냐?"

조이는 긴장할 때마다 머리칼을 오른쪽으로 내려 쓰다듬는 습관이 있었다. 그녀가 고개를 외로 틀어 어깨 위로 쏟아진 머리칼을 손가락으로 빗어 내렸다. 태현에게 잘 설명하겠다고 말은 했지만, 할 말은 궁색하고 머리는 아득했다.

"개돼지가 아니고 너랑 쟤처럼 똑같은 인간이면 인간 대접을 해야 할 거 아냐. 아예 없는 셈? 솔까 나도 그 과제 하기 싫었는데 너희 둘한테 내 의무를 떠넘기면 진짜 개돼지가 될 거 같아서…… 참여할래."

연수가 큰 눈을 내리뜨며 태현과 조이의 기색을 살폈다. 부끄러움과 낭패감으로 얼굴이 빨갛게 달아오른 조이와 달리 태현은 짐짓 태평한 낯빛이었다.

"김태현, 우리 어떡할까?"

조이가 태현을 향해 속삭였다.

"어떡하긴 뭘. 룰대로 하는 게 난 좋은데?"

태현은 찝찝하게 규칙을 위반하느니 좀 버겁더라고 연수를 받아들이는 게 옳다고 생각했다.

"박연수, 이렇게 된 거 네가 조장 하는 게 어때? 조별 과제가 자주 있는 것도 아니니 이번에 리더십도 발휘하고 좋잖아."

태현이 벤치에서 일어서며 연수를 향해 부드럽게 웃어 보였다. 그의 말이 어처구니없었던 조이가 팔꿈치로 태현의 팔뚝을 쿡 찔렀다.

"너 왜 이래?"

조이가 입 모양으로 태현을 질책했다.

"조이는 배구 동아리 부장이고, 난 학급 회장이라 바쁘잖아. 연수 넌 잠만 좀 줄이면 시간 많지 않아?"

태현의 물음에 연수가 희미하게 웃었다.

"좋아, 콜. 이제 니들은 내가 만든 규칙에 따라줘야겠어. 오늘 종례 끝나고 토론실 B로 모여. 내가 대실 신청해놓을게."

연수는 대놓고 불만을 터뜨리는 조이보다 속내를 감추고 의뭉스럽게 기싸움을 시작하는 태현이 더 고까웠다. 다른 점수는 바닥을 치더라도 윤리와 사상만큼은 수행평가 만점을 받기로 결심한 연수였다.

수업이 끝나면 아이들은 거미 새끼처럼 순식간에 흩어져 학원으로 향했다. 여느 날이라면 조이와 태현 역시 그 대열에 합류했겠지만 오늘은 달랐다. 조이가 집업 재킷 지퍼를 턱밑까지 올리고 터덜터덜 토론실로 향했다. 윤서도 딘트를 바른 입술을 톡톡 두드리며 조이의 곁을 지켰다.

"나 오늘 졸라 재수 없는 날이야. 순식간에 장르가 로맨스에서 스릴러로 바뀌는 게 말이 돼?"

조이가 호주머니에 양손을 푹 찔러 넣고 고개를 절레절레 흔들었다.

"그래서 내가 따라가주잖아. 원래 스릴과 모험 속에서 로맨스도 싹트는 거야. 넌 웹소 좋아하는 애가 그걸 모르냐? 야! 쟤들 먼저 왔다. 둘이 저렇게 세워놓고 보니까 박연수도 허우대는 멀쩡하네. 키도 크고 어깨도 딱 벌어지고, 여드름만 없으면 얼굴도 상타 아님?"

조잘거리는 윤서의 입을 엄지와 검지로 눌러 닫은 조이가 심호흡을 하며 토론실 앞으로 걸어갔다.

"오래 기다렸어? 먼저 들어가 있지."

조이가 태현을 올려다보며 부드럽게 말을 붙였다.

"착각하지 마. 우리도 지금 온 거니까. 최윤서는 왜 따라왔어?"

조이의 말에 연수가 대신 대꾸했다.

"윤서 어머니가 우리 과외 라이딩 해주셔서 같이 기다리기로 했어. 토론 참여는 안 할 테니까 좀 봐줘."

조이는 연수의 시선을 피하느라 허공을 응시하며 말했다.

태현이 토론실 도어록을 열었다. 원탁 테이블과 여섯 개의 의자, 전면에 화이트보드가 놓인 단출한 공간이었다. 태현이 화이트보드를 마주 보고 앉자 그의 곁에 조이도 자리를 잡았다. 그리고 테이블에 책가방을 툭 던진 연수가 그들과 맞은편에 앉았다.

"그래서 수행평가 과제가 뭔데? 누가 설명 좀 해봐."

연수의 질문에 조이와 윤서가 동시에 헛웃음을 터뜨렸다. 그는 이번 학기 윤리와 사상 수행평가가 무엇인지조차 모른 채 알량한 자존심과 오기로 이 자리에 있는 것이었다.

"윤서야, 네가 윤사 과제 좀 대신 말해줘. 너 윤사 쌤 성대모사 잘하잖아. 분위기 좀 풀리게."

태현의 부탁에 나서길 좋아하는 윤서가 히죽거리며 화이트보드 앞에 섰다.

"우리 김태현 회장이 부탁한 걸 내가 어떻게 거절합니까? 윤리적으로다가 들어줘야겠지요. 안 그런가요, 테스 오빠!"

윤서가 윤리 선생의 성대모사를 하자 굳었던 조이와 태현의 표정이 풀어지며 웃음이 번졌다. 연수도 머쓱한 표정으로 연습장과 볼펜을 꺼내고 윤서를 바라보았다.

"여러분들아, 철학 하면 만날 공자, 맹자, 칸트, 플라톤 얘기만 하고, 사회사상의 정의나 달달달, 좔좔좔 외웠잖아요? 그거 너무 지루한 거 나도 알아. 그래서 이번 수행평가는 좀 재밌는 제안을 하나 해보려고 해요. 뭐 하니, 연수야. 적어라, 적어!"

윤서는 표정까지 윤리 선생을 흉내 내며 연수에게 뼈 있는 말을 툭 던졌다.

"자, 판타지적인 가정을 하나 해봅시다. 어느 날 갑자기 개들이 말을 할 수 있게 됐다고 치자고. 밀이 그냥 목소리가 아닌 건 알죠? 개들이 인간과 대화할 수 있을 정도로 지능도 올라가면서 자기들 권리도 주장하게 된 거지. 그럼, 여기서 어떤 문제가 생길까? 그렇지, 우리 태현 회장님이 정확히 짚었네. 그들이 인권을 주장한다면, 인간은 개를 동등한 존재로 인식하고 받아들일 수 있을지 윤리적, 사상적 관점을 갖고 토론해봅시다. 결과 보고서는 조장이 취합하면 되고, 말해두지만 평가에서 가장 중요한 점은 참신성이에요. 하지만 생각 없이 뇌피셜로 제출하면 과감하게 점수가 2점으로 나간다는 거 잊지 말기."

윤서가 조이를 향해 장난스레 손가락을 까딱이곤 의자에 걸터앉았다. 그때 연수가 웃음을 터뜨렸다. 그러고는 손으로 머리를 헝클며 볼펜을 툭 던졌다.

"고작 이게 과제였어? 답이 너무 간단하잖아."

연수의 말에 조이와 태현이 의아한 표정을 지었다.

"네가 답을 안다고? 그럼 말해봐."

조이가 팔짱을 끼고 아랫입술 각질을 앞니로 갉작이며 말했다.

"〈주토피아〉 생각하면 되잖아. 인간이 별거야? 뇌가 있고 그

걸로 생각하고 협동해서 으쌰으쌰 살아가는 동물 무리잖아. 그걸 개도 할 수 있다면 당연히 인권을 줘야지. 너희처럼 맘에 안 든다고 개돼지 취급하면 인간 자격 없는 거 아닌가?"

연수의 말에 조이가 뜨끔하면서도 고개를 끄덕였다. 연수의 표현이 거칠 뿐 그녀 역시 의견은 같았다. 다원주의와 관용에 입각해 인간도 개들을 포용해야 한다고 생각했다. 물론 큰 틀 안에서 말하는 개는 여전히 소수자에 지나지 않을 테지만, 적어도 존중받을 권리는 보장해주어야 마땅하다고 느꼈다.

"아니, 난 그 의견에 반대야. 좀 더 정확히는 그런 대답으론 만점 못 받아."

태현이 드르륵 의자를 밀어내고 자리에서 일어나 화이트보드로 다가섰다.

"일단 말하는 개는 인간 사회에 큰 혼란을 야기할 거야."

태현이 화이트보드에 커다란 입을 벌려 짖는 셰퍼드를 그렸다.

"난 사실 연수랑 의견이 비슷한데, 넌 왜 그렇게 생각해?"

조이는 호기심과 함께 알 수 없는 흥분으로 마음이 들떴다. 의견이 팽팽하게 갈리는 토론만큼 재미있는 토론은 없으니까.

"만약 개가 인간 수준의 지능과 언어를 구사한다면 인간은 큰 약점을 잡히겠지. 인간이 그렇게 도덕적이라고 생각해? 다들 숨겨둔 욕망 하나씩은 있잖아. 어떤 사람은 습관적인 도벽이 있기도 하고, 어떤 사람은 법에 저촉되는 알바를 하기도 하고. 그 크고 작은 비밀을 가장 잘 아는 존재가 애완견 아닌가?"

태현의 말에 조이와 윤서 그리고 연수가 할 말을 찾지 못해 눈동자만 굴렸다.

"개도 마찬가지야. 모든 개가 착하고 정직할 순 없지. 만약 나한테 앙심을 품은 개가 내게 불리한 진술을 하거나 내 신용을 이용해 범죄를 저지를 수도 있지 않을까. 개들에게 인권이 부여되는 순간, 우리의 비밀은 모두 탄로 나거나 불리한 방향으로 창작되겠지."

조이가 조용히 손을 들었다.

"임조이, 의견 있구나."

셋의 시선이 조이에게 모였다.

"그럼 개들에게 인권을 주지 않는다고 했을 때, 과연 그들의 발언은 세상에 아무 영향을 끼치지 않을까? 법정에서야 효력이 없을지 몰라도 명성이나 평판에 타격을 준다고 생각하면 인간은 개들을 살려둘까?"

조이의 말을 연수가 재빨리 받아 적었다.

"좋은 의견이지만 이 토론과는 무관하지. 쌤이 원한 건 참신한 토론 결과였어. 만약 연수나 네 의견대로 개에게도 인권을 주자고 쓰면 너무 뻔한 결과물이라 간신히 평타나 치겠지. 난 만점을 원해. 그러니 내 의견을 기반으로 보고서 작성해줬으면 좋겠어. 작성 완료되면 클래스룸 올리기 전에 공유 부탁할게."

태현이 연수를 향해 말하곤 가방을 짊어졌다. 그의 말투는 부드럽고 상냥했지만, 분명한 명령과 복종의 요구가 가시처럼 도

사리고 있었다.

"너 지금 나한테 명령했냐? 어?"

연수가 발끈했다.

"설마 친구끼리 그러겠어. 밖에 엄마 와 있어서 나가야 해서 그래. 좀 봐주라."

"야, 김태현. 네 잘난 대가리에서 나온 생각이 얼마나 위험한 줄 알아? 이 새끼 이거 사이코패스였네."

연수가 태현을 향해 삿대질하며 핏대를 세웠다. 그러자 태현의 표정이 씻어낸 듯 차갑게 변했다.

"문제가 되기 전에 도려내는 게 무슨 잘못인지 모르겠네. 그럼 넌 개랑 연애하고, 결혼하고 강아지 입양해서 아빠 소리 들으며 살 수 있나 보다. 똑같이 인권 가진 동물끼리 그럴 수도 있는 거지. 난 인간 여자와 결혼해서 인간 아이 낳고, 인간 무리의 대장이 되고 싶은데, 넌 자신 없나 봐?"

분위기가 점점 험악해졌다. 하지만 태현의 말에 연수는 성을 내지 않았다. 싸움이 붙어봐야 불리한 건 자신이었으니까. 대기업 중역인 아버지, 음대 교수인 어머니, 상위권의 성적과 매너 있는 리더십이 태현의 명함이었다. 반면 연수는 중3 때 어머니를 여의고, 아버지는 조현병으로 폐쇄 병동에 입원 중이다. 병원비와 생활비 감당은 연수 혼자의 몫이었다. 매일 편의점 야간 알바를 마치고 씻지도 못한 채 학교에 나와 엎드려 자는 이유를 그는 차마 누구에게도 말할 수 없었다. 만약 태현과 시비라도 붙어 주먹을 휘둘렀다간 연수는 말하고 싶지 않은 비밀을 털어놓아야 할지도 몰랐다.

"야, 가라, 가. 됐으니까 그만 꺼져. 네 같잖은 의견 잘 반영해서 보고서 작성할 테니, 그만 아닥해라."

연수가 마른세수를 하며 가방을 한쪽 어깨에 걸머졌다.

"우리도 갈게. 내일 더 얘기하자."

팽팽한 긴장감이 수그러들자 조이와 윤서도 눈짓을 주고받으며 먼저 토론실을 나서 계단을 내려갔다.

"야, 김태현 좀 깬다. 그치? 평소엔 엄청 스마트하고 스위트한 스타일이었는데 급발진하니까 섬뜩하네. 표정 봤어? 박연수를 뼈째 잡아먹을 기세더라. 너도 짜게 식었지?"

토론실에서 멀어지자 윤서가 자그마한 목소리로 말했다.

"글쎄, 나는 태현이 말도 일리는 있는 거 같아. 천편일률적인 의견으로 좋은 점수 받긴 어렵잖아. 걔 입학한다는 하버드가 그렇대. 뭐든 이런 식으로 토론해서 독창적인 에세이를 써야 접수받는다더라. 우리랑 생각하는 차원이 다르겠지. 근데 솔직히 내가 기대하던 모습하고 달라서 당황스럽긴 하더라."

조이는 마치 늑대처럼 안광을 뿜으며 인간세계의 대장이 되고 싶다 소리치던 태현의 얼굴이 아른거렸다. 낯설지만 왜인지 그게 태현의 진짜 얼굴은 아닐까 마음이 쓰였다. 하지만 토론이 만장일치의 뻔한 결과물을 내서는 발전이 없을 테니 좋은 방향으로 생각하고 싶었다. 더구나 조기 전형으로 하버드 입학 허가까지 받았다는 수재를 말로 이길 자신이 없었다. 겨우 인서울이면 다행인 자신의 처지가 태현과는 참 많이도 다르단 생각에 조이는 한숨을 내쉬었다. 둘은 학교 정문을 나와 두리번거렸다. 이미 학생들이 거의 빠져나간 시간이라 도로는 한산했다.

"엄마, 어디야? 조이랑 지금 나왔어. 아, 사거리? 금방 오겠네. 우리 횡단보도 앞에 있을게."

윤서가 어머니와 통화를 마치고 지친 듯 조이의 어깨에 머리를 기댔다.

"이따 과외 끝나고 핫도그랑 로제떡볶이 먹을래? 아님 마라탕?"

분위기 전환을 위해 조이가 배달 앱을 열었다.

"야야, 그러지 말고 초밥이랑 돈가스……."

저녁 메뉴를 고르느라 한창 정신이 팔린 둘 사이에 넘버원골 프연습장이라 적힌 승합차 한 대가 멈춰 섰다. 운전석에서 중년 남자가 내려 둘에게 다가왔다.

"아가씨……, 아니지. 학생들, 나 뭐 하나만 물을게."

남자의 소매 밑으로 푸른색 용 머리 문신이 둘의 시선을 사로 잡았다. 가장자리만 새치가 솟은 스포츠머리에 좁은 이마, 옴팡한 눈과 얇은 입술의 남자는 습관적으로 목을 비틀어 우두둑 관절 꺾는 소리를 냈다.

"뭔데요?"

조이는 윤서의 어머니가 빨리 도착하길 바라며 남자에게 대꾸했다.

"이 학교 3학년에 김태현이 다니지 않나? 연예인처럼 키도 크고 얼굴도 반반한데, 알아?"

3학년 중 김태현은 그 애가 유일했다.

"그건 왜 물으시는데요?"

이번엔 윤서가 물었다.

"말하는 거 보니까 여기 다니는 거 맞네. 그놈이 어제 마감 근무였는데 우리 단골한테 500만 원을 빌려 가서 지금 전화도 안 받고 있거든. CCTV까지 꺼놓은 걸 보면 계획범죄지. 근데 이 새끼는 왜 안 나오고 지랄이야. 사람 빡돌게."

남자는 태현의 고용주였다. 자신의 동생이 운영하는 주유소 알바생이었던 태현의 인물과 말주변에 반한 그는 자신의 골프장 카운터에 그를 붙들어 앉혔다. 주로 여성 고객이 많은 그곳에 태현이 알바를 시작하자, 반년 만에 매출이 눈에 띄게 늘던 참이었다.

"아저씨, 다른 학교랑 착각하셨나 보다. 김태현 알바 같은 거 안 하는 앤데요? 걔네 아빠 두성물산 임원이고 엄마는 피아노학과 교수님이거든요. 게다가 하버드 합격 통지서까지 받았고요. 그런 애가 뭐가 아쉬워서 알바를 해요?"

조이는 남자의 말이 터무니없다 생각하며 쏘아붙였다.

"하, 그 자식 완전 사기꾼 양아치네. 어쩜 친구들한테까지 구라를 쳤을까. 사실 김태현네 부모님은……."

남자가 말을 이으려던 찰나 윤서의 어머니 차가 도착해 경적을 울렸다.

"조이야, 가자. 괜히 더 말 섞지 말고."

윤서가 조이를 끌고 흰색 레인지로버에 올랐다. 둘을 태운 차가 사라지자, 남자는 비슬비슬 웃음을 지우며 다시 정문을 바라봤다.

"사장님, 감 떨어지셨나 봐요. 나 좀 전에 나왔는데."

주머니에 손을 꽂은 태현이 남자의 등 뒤에서 속삭였다. 느닷없는 목소리에 그가 소스라치게 놀랐다.

"너, 인마! 이 쥐새끼 같은 놈."

남자가 태현의 멱살을 움켜잡았다.

"꼴랑 돈 500 때문에 학교까지 찾아왔어요? 근데 어쩌나. 그 돈은 사장님이 갚으셔야 하는데."

태현이 남자의 손을 거칠게 떼어냈다.

"염병하고 자빠졌네. 너 신 여사님한테 돈 빌리고 전화는 왜 안 받아?"

"번호 바꿨으니까요. 사장님, 그 아주머니가 뭘 바라고 나한테 돈을 줬겠어요? 속이 너무 시커멓잖아. 미성년자한테 무슨 의미로 돈을 줬을진 잘 아실 거고. 어쨌든 채무 관계가 성립되려면 제가 사장님 매장에서 알바했다는 것부터 증명해야 하는데…… 아마 못 하실걸요."

남자는 태현이 자신의 생각보다 훨씬 총명하단 사실에 꽤 주눅이 들었다.

"내가 너 월급 줬는데 왜 증명을 못 해? 형편 어렵대서 가불해 준 돈은 아직 급여에서 까지도 않았어, 인마. 네가 내 등에 이렇게 칼을 꽂으면 안 되지!"

"무슨 거창하게 칼을 꽂는대. 진짜 칼 맞아 보고 싶으세요?"

"뭐?"

태현 덕으로 매장에 손님이 늘어난 것은 사실이었지만, 그간 고객들에게 팁으로 받아간 돈이 월급의 배는 될 터였다. 그걸 알고도 눈감아준 남자는 태현에게 배신감을 느꼈다.

"칼은요, 법으로 꽂는 거예요. 사장님이 저한테 SNS 관리에 판촉 업무까지 시키셨잖아요. 고객들한테 전화해서 부킹 날짜 받아 오라면서요. 그거 다 텔레마케팅이에요. 미성년자가 하면 안 되는 불법. 자, 이래도 제가 사장님 매장 알바예요?"

남자는 입을 떼지 못했다. 미성년자를 고용해 적합하지 않은 업무를 맡기고, 자칫하면 원조교제까지 알선한 악덕 업주로 포장되기 맞춤이었다. 요즘 말로 손절하는 게 가장 깔끔한 방법이었다.

"새끼야, 500 먹고 떨어져! 다시는 너 같은 관상하고 일 안 한다."

남자가 태현의 새하얀 운동화 위로 가래를 돋워 뱉고 돌아섰다. 비로소 홀로 남은 태현이 긴 한숨을 내쉬었다.

"오늘 재수 옴 붙었네. 그나저나 임조이, 최윤서 니들 귀 씻고 입 닫는 게 좋을 텐데……."

태현이 레인지로버가 사라진 도로를 물끄러미 바라보며 혼잣
말을 했다.

*

9시가 넘어서야 과외가 끝났다. 조이와 윤서는 책상에 마주
앉아 배달 온 연어 초밥과 버블티로 저녁을 해결했다. 평소라면
허기를 달래느라 말도 없이 허겁지겁 음식을 먹었겠지만 오늘은
달랐다. 윤서가 깨작거리던 젓가락을 내려놓고 버블티를 마셨다.

"아까 그 아저씨 말…… 아니겠지?"

김태현이라는 이름은 성별과 상관없이 흔한 데다, 근처엔 다
른 고등학교가 셋이나 다닥다닥 붙어 있었다. 다른 학교 아이와
착각한 거라고 믿고 싶은 윤서였다.

"글쎄, 다른 학교 김태현도 키 크고 잘생겼을까?"

조이는 남자가 찾는 김태현이 어쩌면 그들이 알고 있는 회장
일지도 모른다고 생각했다. 그게 사실이라면 태현은 지금껏 수
없이 많은 거짓말을 해왔을 것이다. 이 지역에서 전문직이나 대
기업 임원을 부모로 둔 아이들은 그리 드물지 않았다. 때문에 자
신의 부모나 유명세, 재산 따위를 입 아프게 떠들 필요도 없었다.
유독 태현만이 아버지가 이번에 새로 맡은 프로젝트나 어머니의
독주회 영상을 자주 화제 삼았다.

조이는 핸드폰을 꺼내 유튜브로 피아니스트 정현림의 독주회

영상을 검색했다. 머메이드 라인의 스팽글 드레스를 입은 사십 대 후반의 목이 긴 연주자가 갈채를 받으며 피아노 앞에 앉았다. 드뷔시의 〈달빛〉을 연주하는 그녀는 우는 듯 웃는 듯, 절망과 환희의 표정을 번갈아 지으며 아름다운 선율을 자아냈다.

"그 영상 태현이 어머니지? 눈이랑 얼굴형이 닮은 거 같기도 하네."

윤서가 자리를 옮겨 조이 옆으로 왔다. 조이는 댓글을 읽어 내려갔다. 주로 제자와 동문들의 축하 글이었고, 팬과 음악 관계자들의 응원도 섞여 있었다. 수백 개의 댓글 중에서 조이는 '넘버원골프'라는 닉네임의 이용자에게 눈길이 갔다. '넘버원골프'는 이렇게 댓글을 남겼다.

—귀국하시면 매장에서 조촐한 축하 파티 마련하겠습니다. ㅌㅎ.

"윤서야, 나 왜 이 티을 히읗이 태현으로 읽히냐. 너도 그래?"

조이가 핸드폰을 윤서에게 건네고 팔에 오소소 돋은 소름을 문질렀다.

"야, 밑에 또 다른 댓글 있다. 사랑하는 아내의 첫 베를린 독주회를 축하합니다. 근데 계정 주인 이름이 박인표인데? 김태현 아빠가 박씨일 리는 없잖아. 이게 다 김태현의 주작이란 거네?"

윤서는 더러운 것이 묻기라도 한 듯 핸드폰을 멀찌감치 밀어 놨다. 아름다운 선율은 절정을 향해 내달렸지만 두 아이의 귀에는 들리지 않았다.

"모든 게 주작이라면 하버드 조기 전형 합격도 거짓말일지 몰라."

조이가 믿기지 않는다는 듯 고개를 가로저었다.

그 시각, 태현은 침대에 누워 핸드폰과 손거울을 양손에 나누어 들고 있었다. 그는 경멸의 표정으로 검색된 서양인의 얼굴을 흉내 내며 거울을 바라보았다.

"이거였구나, 아까 임조이가 사장을 보며 지은 표정. 경멸이었네."

이번엔 안타까움을 키워드로 표정을 검색했다. 눈썹을 누그러뜨리고 눈망울이 그렁한 얼굴에 그의 시선이 향했다.

"난이도가 좀 있는데……. 얼굴 근육이 많이 쓰일 텐데 될까 모르겠네."

몇 번이나 핸드폰과 거울로 시선을 옮겨가며 표정 연습을 하던 그가 노크 소리에 몸을 일으켰다.

"엄마, 저녁은 안 먹는댔잖아. 좀 혼자 있게 냅둬."

태현이 신경질적으로 쏘아붙였지만 그의 어머니는 기어코 방문을 열었다.

"과일이라도 먹으라고. 집에 오면 뭐라도 먹는 거…… 그게 우리 규칙이잖아."

그녀는 무른 딸기 몇 알이 담긴 접시를 방문 안으로 밀어 넣었다. 전신이 화상 흉으로 덮인 태현의 어머니가 눈꺼풀조차 닫히지 않는 눈으로 아들을 바라보았다.

"규칙……. 그래, 규칙이니까. 먹을게. 내가 규칙은 또 잘 지키지."

모자에게 규칙은 어겨서는 안 될 생존법이었다. 태현이 방문 앞으로 걸어 나와 딸기를 한 입에 욱여넣고 억지로 웃는 표정을 지어 보였다.

"그래, 잘했다. 먹어줘서 고마워."

태현의 어머니가 핏물처럼 과즙이 번진 접시를 집어 들었다. 그녀가 장애인이 되어 유일하게 얻은 이득은 학군 좋은 지역에 영구 임대로 집을 얻은 일 하나였다. 아들과 살 집이 있다는 것만으로도 그녀는 행복했다.

"오늘은 알바 안 가?"

태현의 어머니는 젊은 시절 자신을 꼭 닮은 얼굴의 아들이 더 애틋했다.

"이제 비용 다 모았어. 그쪽에서 서류만 통과하면 돼."

태현이 지난 몇 달간 골프연습장에서 일한 건 위장 입양에 드는 브로커 수수료 때문이었다. 미국의 한인 가정에 입양을 가 시민권을 획득하면 대입과 병역까지 한 번에 해결될 터였다. 그럼 지금처럼 서류 위조까지 해가며 동급생과 교사들을 속이지 않아도 모두가 부러워할 스펙이 갖춰지리라.

"꼭 호적까지 갈아야 되겠니? 네 성적이면 우리나라 대학에서도 장학금 나올 텐데."

태현의 어머니는 눈을 질끈 감고 목소리를 쥐어짰다.

"왜? 엄마도 필요 없어질까 봐 겁나?"

아들의 되물음에 어머니는 가슴이 먹먹해졌다.

태현은 어린 시절부터 남달랐던 아들이었다. 웃거나 울거나 슬퍼하지 않는 아이. 그저 피부의 감각으로 전해지는 통증이나 간지럼에만 표정을 바꾸는 아들이 근심스러웠다. 어린이집에 다닐 무렵엔 놀이에 끼워주지 않는단 이유로 같은 반 아이의 얼굴에 플라스틱 칼로 상처를 입히기도 했다. 유치원 선생이 간식을 공평하게 배분하지 않으면 그녀의 몸에 포크 자국을 내거나 커터칼을 겨누었다. 야단을 치고 달래도 보고, 소아청소년과와 정신건강의학과를 오가며 얻은 결론은 반사회적 인격장애라는 병명이었다.

태현의 부모는 아이가 초등학교에 들어갈 무렵부터 표정을 학습시켰다. 조건반사처럼 어떤 상황이 벌어질 땐 어떤 표정을 지어야 하고, 목소리나 표정으로 상대의 의도를 짐작할 수 있도록 수천 장의 그림과 사진을 보여주며 훈련했다. 다행히 태현은 매우 영특한 소년이었고, 자신의 이득을 위해서라면 조금 성가시더라도 약속한 규칙을 지키는 게 옳다는 걸 깨달았다. 하지만 그가 중학교에 입학할 무렵, 오랫동안 봉인되었던 차가운 본성이 폭발했다. 태현의 부모는 여느 부부처럼 자주 다투고 쉽게 풀어지는 사이였지만, 소년은 그걸 좀처럼 이해하지 못했다.

"뭐, 홈스쿨링? 미쳤구나. 애 좀 그만 감싸고 돌아. 언제까지 집에만 붙잡아둘래? 너도……, 사이코패스 아들놈도 지긋지긋하다, 진짜."

아버지의 목소리에 태현은 가슴이 뛰었다. 그 역시 늘 불평불만이 많은 아버지가 지긋지긋했고, 쥐꼬리만 한 월급으로 사느니 아버지의 퇴직금과 사망보험금 쪽이 더 이득일지도 모른다고 생각했다. 어머니 정도는 얼마든지 컨트롤할 수 있으니, 아버지는 없어도 그만이었다.

그날 새벽, 태현의 집엔 화재가 발생했다. 그의 예상대로 아버지는 사망했고, 어머니는 전신에 3도 화상을 입었다. 털끝 하나 그을리지 않은 사람은 태현뿐이었다. 화재 원인은 담뱃불로 인한 실화였다. 가족 중 흡연자는 없었지만, 태현의 어머니는 본인이 흡연자였고 모두가 잠든 새벽 담배를 입에 문 채 잠들었다고 주장했다. 태현의 어머니는 아들이 언제든 마음만 먹으면 자신을 인생에서 도려낼 수 있다는 걸 깨달았다. 그녀가 규칙에 집착하는 건 아들의 생래적 욕구를 최대한 억누르기 위해서였다.

"태현아, 우리 규칙 1번 잊은 거 아니지?"

촛농처럼 녹아내린 코로 심호흡하며 어머니가 물었다. 태현이 핸드폰을 물끄러미 바라보다 천천히 고개를 들었다.

"절대…… 사람은 해치지 않기?"

태현이 느리게 대답했다.

"그 규칙은 네가 어디에서 살든 변하지 않아. 그것만 지켜주면 돼."

타국에 입양을 가도 본인이 행복하기만 하면 그만이었다. 그녀의 바람은 오직, 태현이 일평생 자신의 어둡고 깊은 속을 드러내지 않고 사람들 사이에 섞여 사는 것뿐이었다.

"사람은 해치지 않기라……. 그럼 사람보다 열등한 존재면 괜찮단 거네."

태현의 말에 어머니는 들고 있던 접시를 놓치고야 말았다. 침대에서 일어선 태현이 바닥에 떨어진 접시를 주워 다시 어머니 손에 들려주었다.

"너 그게 무슨 말이야?"

"개가 인격을 가질까 봐. 뭐 그런 게 있어."

태현이 후드점퍼를 걸쳐 입고 집을 나섰다. 어머니의 눈꺼풀 없는 눈에서 진물 같은 눈물이 흘렀다.

*

태현이 규칙을 어기기로 결심한 건 방금 정현림 독주회 영상에 붙은 댓글 때문이었다. 'pyeonsuking'이란 아이디가 정현림의 남편 댓글에 '자녀 사칭 사기꾼 제보합니다'라는 대댓글을 달았다. 태현은 닉네임에 섞인 'yeonsu'로 그가 박연수인 걸 알아차렸다. 그는 자신의 정보를 지우기 위해 넘버원골프연습장 계정으로 로그인을 시도했지만 이미 사장이 비밀번호를 바꾼 탓에 실패했다.

입양 절차가 시작되는 10월까진 아무 말썽 없이 버텨야 하는

데, 자칫 연수가 일을 그르치기라도 하면 공든 탑이 무너질 터였다. 태현은 아파트 앞을 서성이며 핸드폰을 만지작거렸다. 새로 개통한 번호를 연수는 모를 터였다. 점잖게 댓글을 지워달라고 부탁해야 할지, 찾아가 흠씬 두들겨 패야 할지 고민하던 태현은 일단 연수가 어디 있는지 알아내는 것부터 시작하기로 했다.

―JC택배입니다. 운송장이 훼손되었는데 정확한 주소 부탁드립니다.

태현은 초조하게 핸드폰을 바라보며 답장을 기다렸다. 늦은 시간에 낯선 번호로 온 문자를 믿어줄지 의문이었지만, 그는 어수룩한 연수가 걸려들기만을 바라며 액정을 매만졌다.

―저 착한주유소 옆 UC 편의점인데 여기로 배달되나요? 근데 택배 시킨 적 없는데.

답장을 확인한 태현이 빙그레 미소를 지었다. 착한주유소라면 작년까지 그가 알바하던 곳이었다. 순간, 위기를 극복할 전략을 떠올린 태현이 핸드폰을 주머니에 꽂아 넣었다. 위치를 찾아냈으니 굳이 답장을 보낼 필요가 없었다. 그는 후드를 눌러쓰고 착한주유소 옆 편의점을 향해 내달렸다.

꽤 오랜 기간 태현은 어머니마저 해치우면 좀 더 쉽게 입양 갈 수 있을지 모른다는 생각을 했다. 그걸 실행으로 옮기지 못한 건 혈육 간의 애정이나 천륜 때문이 아니었다. 어머니 없이 진짜 고아가 되어버리면 자신이 양부모를 직접 고를 수 없다는 걸 깨달은 탓이었다. 게다가 성인이 코앞인 다 큰 청년이 입양을 갈 수 있을지도 의문이었다. 태현은 성년이 되기 전 돈을 모아 스스로 양부모를 선택할 수 있는 밑천을 마련해야 했다. 오직 그 목표 하나만을 향해 버텨왔건만 이대로 무너질 수는 없었다.

태현의 눈에 저 멀리, 어두운 골목에서 홀로 불을 밝힌 편의점은 등대처럼 보이기도 했다. 편의점 앞에 당도한 그는 낯익은 세 사람을 발견하고 걸음을 멈췄다. 점원 유니폼을 걸친 연수, 교복 차림의 조이와 윤서가 심각한 표정으로 테이블에 앉아 있었다. 태현은 그들 눈에 띄지 않게 몸을 낮추고 테이블이 있는 후문으로 다가가 몸을 붙였다. 그러자 셋의 대화가 두런두런 새어 나왔다.

"거짓말할 수도 있지. 이해가 안 되는 건 아닌데, 자기 손님한테 그러는 건 너무 매너가 아니잖아."

알고도 모른 척할 수 없었던 윤서가 조이를 부추겨 연수를 찾아온 거였다. 그나마 입이 무거워 보여 의견을 들어보고 싶어서였다. 갑작스레 자신의 궁핍한 알바 생활을 공개하게 된 연수는 잠시 머쓱했지만, 이내 평정심을 되찾았다. 그리고 정현림의 남편 댓글에 대댓글을 단 뒤 다음 행보를 고민했다.

"페메 보내고 싶은데 페북에선 검색이 안 되네. 계정 없나 봐. 너흰?"

윤서가 핸드폰을 내려놓고 얼음만 남은 커피를 후룩 빨았다.

"트위터도 계정 없어. 박연수 넌?"

조이가 고개를 길게 빼 연수의 핸드폰을 바라보았다.

"난 복잡한 거 딱 질색이야. 그냥 담임 쌤한테 문자 할까?"

연수가 메시지 창을 열며 둘에게 물었다.

"담임 쌤이 픽이나 그 말을 믿겠다. 차라리 신경 끊자. 골프연습장 사장이 알아서 하겠지. 보고서는 김태현 의견 무시하고 쓰는 게 어때?"

조이는 태현에 대한 호감이 어느새 차갑게 식었다. 돌이켜보면 태현은 섬뜩한 구석이 많은 아이였다. 처음엔 우연이겠지, 싶은 사건이 꽤 있었다. 학기 초 전학 온 태현은 말수도 적고 늘 무표정이었다. 그러다 부회장인 지민과 짝이 되며 많은 변화가 생겼다. 지민의 어머니는 대기업 임원이었고 아버지는 물리학과 교수로 태현이 주장하는 부모님의 스펙과 비슷했다. 그러다 어느 순간 태현은 지민의 말투며 표정까지 복사해냈다. 둘은 성별과 생김새만 다를 뿐 마치 쌍둥이 남매라 해도 믿을 정도로 비슷한 순간에 웃고, 비슷한 의견을 내놓았으며, 비슷한 성적을 유지했다. 태현이라는 캐릭터가 지민을 롤 모델로 만들어졌을지 모른다는 생각에 이르자 조이는 태현과 함께 있고 싶은 마음이 사라졌다.

"내가 내일 쌤한테 말해서 공론화할 거야. 중고 거래에서 문화상품권 먹튀한 것도 아니고 자그마치 500만 원이라잖아."

조이가 머리카락을 오른쪽 어깨로 쓸어내려 매만졌다.

문틈으로 이들의 대화를 엿듣고 있던 태현의 얼굴에 핏기가 가셨다. 연수만이라면 말로 달래든 주먹으로 협박하든, 덤벼볼 만했지만 조이와 윤서는 달랐다. 둘은 태현이 평판을 만들 때 가장 신경 썼던 아이들이었다. 괜찮은 성적과 안정적인 중산층 환경, 무난한 친화력까지. 조이와 윤서 같은 중간 계층 아이들에게 호감을 사는 게 가장 어렵지만 확실한 이미지 구축의 디딤돌이었다. 그들이 자신의 비밀을 알아버린 것도 모자라 폭로하려 드는 건 낭패였다.

"너 왜 학교에서 얘기 안 했어? 야간 알바 하느라 못 자고 등교하는 거. 그럼 이해해주는 애들 많았을 텐데."

조이가 연수에게 물었다.

"졸업까지 얼마나 남았다고 징징거리고 다니냐. 니들한테 이해받는다고 시급 오르는 것도 아니고."

연수가 피식 웃으며 물티슈를 뽑아 테이블을 슥슥 닦았다. 그때 편의점 앞 의류수거함이 우체통 위로 쓰러지며 굉음이 들렸다. 셋의 시선이 유리 너머 의류수거함으로 향했다.

"저절로 쓰러진 건가?"

윤서가 고개를 갸웃했다.

"요즘도 편지 부치는 사람이 있긴 하구나. 지나가면서 볼 때마다 우체통이 비어 있을 거라고 생각했는데."

조이는 종이 상자처럼 찢어진 우체통에서 비어져 나온 우편물을 신기하게 바라보았다. 그때 끼이익, 하는 마찰음이 셋의 등 뒤에서 들렸다.

"어서오세요."

연수가 다급히 고개를 돌렸지만 아무도 없었고 창고로 향하는 출입문만 반쯤 열려 있었다. 그러고는 일시에 실내등이 꺼졌다. 빛이 나는 곳은 냉장식품 진열대뿐. 희미한 불빛 아래서 조이와 윤서가 가늘게 비명을 질렀다.

"두꺼비집이 내려갔나? 너희 잠깐 여기 있어. 나 창고 갔다 올게."

연수가 핸드폰 플래시를 켜고 창고로 걸어갔다. 더듬거리며 재고 상자를 지나쳐 누전차단기 쪽으로 향했다. 익숙했던 사물의 그림자가 괴기스럽게 그의 어깨 위에서 어룽거렸다. 겨우 넘어지지 않고 다다른 누전차단기는 그의 예상대로 내려가 있었다. 우선 전기를 켠 뒤 점장에게 보고하기로 마음먹은 연수가 차단기에 손을 뻗었다.

"임조이! 왜 여기 그림자가 셋이야? 연수는 창고 갔잖아!"

차단기를 올리려는 순간 윤서의 떨리는 목소리가 들렸다. 연수가 황급히 매장으로 돌아가려는데 철컹, 문이 닫혔다. 의류수거함으로 모두의 시선을 돌린 뒤 잠입한 태현이었다. 그는 재빨리 누전차단기를 내린 뒤 어둠 속을 헤치고 나와 연수를 가두는 데 성공했다.

연수는 창고 안에서 있는 힘껏 둘에게 도망치라고 소리쳤지만 두꺼운 철문을 통과하긴 어려웠다. 하지만 뭔가 잘못되어가고 있다는 걸 조이와 윤서도 알아차렸다.

"윤서야, 여기서 나가자. 곁눈질하지 말고 나 따라와."

조이는 윤서의 손을 꼭 쥐고 출입문을 향해 내달렸다. 어째서

인지 윤서의 손이 평소보다 크고 축축하다 느낀 조이가 고개를 홱 돌렸다. 조이가 잡은 손은 윤서가 아닌 후드를 푹 눌러쓴 태현의 것이었다.

"너 윤서한테 무슨 짓이야!"

조이의 시선에 잔뜩 겁을 집어먹고 바닥에 쓰러져 태현의 운동화에 목이 눌린 윤서의 모습이 들어왔다.

"이래서 개들한테 인권을 주면 안 된단 거였어. 오늘은 투 플러스 원 행사라…… 괜찮은데?"

태현은 인터넷에서 배운 경멸의 표정을 흉내 내었지만, 조이의 눈엔 웃는지 우는지 좀처럼 가늠하기 어려운 얼굴이었다.

*

윤리와 사상 수업이 시작되었다. 검은색 원피스 차림의 교사가 교실 문을 열었다. 수런거리던 아이들이 입을 다물고 책상 위에 교과서를 올렸다. 그녀의 시선이 주인 없는 책상 세 개에 잠시 머물다 떨어졌다. 조이, 윤서, 연수의 자리였다.

세 아이가 주유소 화재 사고로 사망한 지 일주일째였다. 아이들은 수행평가 토론을 하러 편의점에 모였다 참변을 당했고, 유일한 생존자는 태현이었다. 편의점 바로 옆 주유소에서 벌어진 화재는 누군가 의도적으로 오일탱크를 열고 방화를 저지른 게 확실했지만 CCTV마저 전소돼 범인을 찾을 실마리가 없었다.

교사는 머리카락이 녹아 삭발을 하고 나타난 태현을 안쓰럽게
바라보았다.

"자, 조별로 책상 붙여서 앉아봅시다. 태현이는 발표 괜찮겠
어?"

졸지에 1인 조가 된 태현이 금방이라도 울 것 같은 표정을 지
어 보였다.

"그래, 네가 제일 힘들겠지. 힘내자. 그럼 태현이부터 발표해
볼까. 다들 기운 내라고 박수 한 번 쳐주자."

동급생들이 붉어진 눈시울로 태현을 향해 손바닥을 마주쳤다.
태현이 교탁으로 나와 자신의 민머리를 몇 번 쓰다듬고는 소매
로 눈가를 닦았다.

"울지 마! 울지 마!"

부회장 지민의 선창에 아이들도 입을 맞춰 태현을 위로했다.

"1조 조장 김태현입니다. 사실 조장은 박연수였는데…… 사정
으로 인해 제가 맡았습니다. 저희 조는 긴 회의의 끝에 다음과 같은
결과를……."

발표를 하는 내내 태현의 시선은 지민을 향해 있었다. 그 애가
웃는 순간 따라 웃었고, 진지하게 고개를 끄덕일 땐 한 박자 느리
게 따라잡았다. 턱과 입술을 만지는 손동작, 이따금 으쓱거리는
어깨와 조금 기울인 고개. 부유하고 똑똑한 사람이라면 의당 가
져야 할 것 같은 모든 것을 최선을 다해 흉내 냈다.

"……때문에 개가 인간의 지능과 언어능력을 갖추었다 하더

214

라도 인권을 부여할 수는 없다는 게 저희 조 임조이, 박연수 그리고 제가 내린 결론이었습니다. 감사합니다."

발표가 끝나자 아이들의 박수가 터져 나왔다. 수행평가 만점을 예감한 태현의 입꼬리가 슬그머니 올라갔다. 하지만 이럴 때 지어야 할 표정은 이미 인터넷으로 검색해두었다. 그는 숨을 참아 부러 시뻘겋게 만들 얼굴을 가로저으며 있는 힘껏 자신의 아랫입술을 깨물곤 꾸벅 인사했다. 그러고는 시든 국화가 한 다발씩 놓인 세 개의 책상을 향해 무심한 걸음을 옮겼다.

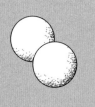

증조할머니의 삭정이 같은 팔을 매만졌다. 링거 바늘 자국마다 푸르스름한 멍이 저승꽃처럼 번져 있었다. 아흔여덟, 쪼그라든 눈꺼풀이 느릿하게 올라갔다. 증조할아버지는 전쟁 통에 돌아가셨고, 할아버지와 할머니도 내가 태어나기 전에 세상을 떠나셨다. 시장 한 귀퉁이에서 한복집을 하며 손자를 키워낸 증조할머니는 동네의 터줏대감이었다.

그렇게 정정하던 증조할머니가 노환으로 거동을 못 하게 된 건 일주일 전이었다. 그사이 한 차례 심장마비가 왔고, 뇌경색도 진행 중이었다. 가족 모두 할머니가 곧 떠나리라는 걸 의심하지 않았다.

"어여 집에 가거라. 내일 학교 가야지."

옅은 회색빛을 띤 증조할머니의 눈동자가 부드럽게 내 얼굴을 훑었다.

"내일 토요일이라니까. 금방 얘기했는데 그새 잊은 거야?"

애잔한 마음과 달리 부루퉁한 대답이 튀어나왔다. 나만 남겨 놓고 먼 길을 떠나려 하는 증조할머니가 내심 밉기도 했다.

"냉장고에 두유 있어. 꺼내 먹어."

증조할머니가 기신기신 손가락을 들어 발치에 놓인 미니 냉장고를 가리켰다.

"됐어, 배 안 고파. 나 졸린단 말이야."

태어나면서부터 줄곧 증조할머니와 한방을 썼다. 함께 방을 쓰던 형은 중학교에 들어가자마자 거실로 잠자리를 옮겼지만, 나는 증조할머니 곁을 지켰다. 귀에 익은 코골이 소리, 조금 배릿하면서 포근한 노인의 살냄새, 새벽 기도 소리는 내게 자장가나 다름없었다. 증조할머니가 입원한 지난 일주일간, 나는 새벽녘이 다 돼서야 잠이 들었고 학교에서는 내내 비몽사몽이었다.

"옛날 얘기해줄까? 거기 누워서 좀 잘 테야?"

옆 침대에서 틀어놓은 뉴스 채널이 귀에 거슬렸지만, 증조할머니의 목소리를 더 듣고 싶었다. 불면으로 보낸 일주일의 피로가 한 번에 밀어닥쳤다. 나는 교복 재킷을 벗어 옷걸이에 걸고 보호자 침대에 누워 다리를 뻗었다. 어느새 아버지보다 훌쩍 자란 몸은 보호자 침대에 아주 빠듯하게 들어맞았다. 증조할머니가 빨대 컵에 입을 대고 보리차를 천천히 마셨다.

"여름밤엔 무서운 이야기가 제격이지. 오줌 마렵걸랑 어서 화장실 다녀오너라."

증조할머니가 거적처럼 늘어진 눈꺼풀을 천천히 감았다 떴다.

"왕할머니, 나 이제 중3이거든. 옛날 같으면 장가도 가는 나이라고 할 땐 언제고."

볼멘소리를 하면서도 모포를 턱밑까지 끌어당겼다.

"그래, 우리 아버지도 열여섯에 사모관대를 썼지. 서른 살이 다 된 작은아버지보다 먼저 상투를 튼다고 다들 수군거렸다더구나. 근데 이듬해에 삼촌도 장가를 들긴 들었단다."

*

증조할머니의 작은할아버지 석삼은 바보라고 하기엔 더하기 빼기 정도는 할 줄 알고, 정상이라고 하기엔 곱하기 나누기는 할 줄 모르는 조금 어수룩한 사람이었다고 한다. 그러다 보니 혼기가 차도 시집오겠다는 처녀는 없고, 떠꺼머리로 늙자니 혼자 밥 끓여 먹을 주변머리가 없었다. 그나마 힘은 장사라 간혹 대처로 나가 몇 달씩 막노동해서 돈을 벌기도 했지만, 투전을 좋아해 늘 쌀 걱정을 하고 살았다. 그래도 그땐 모두가 어려웠으니 가난이 그리 큰 흠은 아니었다.

어느 해인가, 가뭄이 심한 초여름이었다. 석삼은 도시에서 석 달 동안 등짐을 져 나르고 전대를 두둑이 채워 마을로 돌아왔다. 신던 고무신이 떨어지면 개골창에 던져버리고 땀을 닦던 수건이

찌들면 나뭇가지에 걸쳐두고, 거푼거푼 산책하듯 집으로 돌아오던 삼촌은 마을 어귀 당산나무 아래에서 걸음을 멈췄다. 두 아름은 족히 넘던 200년 된 느티나무가 둥치만 덩그러니 남은 채 사라져 있었다. 그 아래엔 이맘때면 늘 지내던 당산제 제상이 펼쳐져 있었다. 석삼이 멈춰 선 건 사라진 당산나무나 제상 때문이 아니었다. 그 옆에 쪼그려 앉아 볼이 미어지게 떡과 과일, 산적과 쌀밥을 집어 먹는 처녀 탓이었다.

자주 이 마을을 찾는 거지 패가 있었지만, 아무리 배가 고파도 젯밥을 건드리는 일은 없었다. 그런 고약한 짓을 했다간 동티가 나 죽을 고생을 한다는 소문이 떠돌았기 때문이다. 그런데 고작해야 스무 살이 되었을까 말까 한 어린 처녀가 겁도 없이 제상에 올라간 음식을 집어 먹는 것이 조금 모자란 석삼의 눈에도 불경스럽게 비쳤다.

"야, 너 무어 하는 애냐?"

석삼이 배를 긁으며 처녀에게 다가가 부러 우렁우렁한 목소리로 물었다. 놀라 자빠져 속곳 구경이라도 할 줄 알았던 석삼의 예상과 달리, 처녀는 잘 익은 사과 한 알을 앞니로 깨물며 물끄러미 그를 바라보았다.

"무어 하는 아이길래 어른 말씀에 대답이 없냔 말이다."

석삼이 다시 물었다.

"댕기 머리가 어른은 무슨! 동가숙서가식 하는 떠돌이요, 됐소?"

처녀가 바닥에 내려놓은 보따리를 끌어안으며 대답했다. 그 맹랑한 대답에 석삼이 껄껄 웃음을 터뜨렸다. 그러고 보니 처녀는 제법 인물이 반듯했다. 가느다란 눈썹에 크고 빛나는 눈, 작고 야무진 입술이며 갸름한 턱까지 미운 구석이 없었다. 찬찬히 처녀의 얼굴을 뜯어본 석삼은 엉큼한 생각이 들었다. 사정이야 어찌 되었든 주인이 없는 계집임에 틀림없으니 먼저 만난 놈이 임자가 아닌가 싶었던 것이다.

"그럼 잘됐다. 너 나랑 우리 집 가자. 내가 밥도 먹여주고 철마다 옷도 사주마."

조카도 상투를 튼 마당에 근본까지 따져가며 계집을 고를 처지가 아니었다.

"지금 나한테 아저씨 각시를 하란 말이오?"

처녀가 손에 든 사과를 내려놓고 석삼에게 다가왔다. 꽃 내음인지 분내인지 알 수 없는 향기가 석삼의 벌름거리는 코를 파고들었다.

"그래, 내 각시 하자. 밥은 조카며느리가 하고, 밭일은 우리 엄마랑 형수가 한다. 너는 방아나 잘 찧으면 배 안 곯아."

어디서 그런 용기가 솟아났는지, 석삼이 처녀의 손목을 덥석 잡아 제 허리춤에 묶어놓은 전대로 가져갔다.

"에구머니나!"

처녀가 기함하며 발을 굴렀다.

"여기 든 돈도 이제 다 네 거다."

석삼은 처녀를 번쩍 들어 어깨에 짊어졌다. 처녀는 의외로 얌전히 석삼의 어깨에 몸을 맡겼다. 어찌 된 처녀가 모시 적삼보다 가뿐할까, 싱글벙글 웃으며 석삼은 마을로 향했다. 보무도 당당히 돌아온 석삼을 동네 사람들은 어리둥절한 표정으로 바라보았다. 그의 시커멓고 번들거리는 얼굴과 한 뭉텅이로 떡 진 머리야 늘 보아왔던 몰골이지만, 그 널찍한 어깨에 분내 나는 처녀가 매달려 있는 꼴은 그야말로 꿈에도 본 적 없는 진풍경이었다.

가물은 고추밭 고랑에 쪽박으로 물을 주던 석삼의 어머니가 멀거니 서서 그 광경을 지켜보다 머릿수건을 벗고 저린 다리를 절름거리며 아들에게 걸어왔다.

"야, 이 팔푼이 같은 놈아, 돈 벌어온다고 까불러 다니더니만 어디서 계집을 훔쳐 왔어? 감옥소 가고 싶어 환장했냐?"

어머니의 지청구에도 석삼의 얼굴엔 웃음이 만연했다.

"훔치긴 누가 훔쳤다고 이래. 엄니 아들 이석삼이가 도적놈이야?"

"그럼 이런 사지 육신 멀쩡하고 반반한 계집을 네놈이 어디서 구해 와? 바른대로 말하라니까!"

석삼의 어머니가 아들 앞을 가로막고 호미를 번쩍 치켜들었다.

"오다 주웠어. 내가 각시 삼는다니까 군말 없이 업힌 거야. 엄니는 알지도 못하면서!"

석삼이 버럭 화를 내며 걸음을 멈췄다. 다 늙은 어머니의 불호령 탓이 아니었다. 석삼의 주위로 동네 개들이 전부 몰려들어 꼬리를 흔드는 통에 도통 걸음을 옮길 수가 없었다. 어느 집 백구는 목줄이 박힌 말뚝까지 뽑아 질질 끌고 달려와 다리 사이를 들락거렸다.

"퉤!"

그때 석삼의 등에 거꾸로 처박힌 처녀가 무언가를 뱉어냈다. 형체가 온전한 돈저냐가 그녀의 입에서 툭 튀어나와 검은색 발바리 앞에 떨어졌다.

"퉤!"

이번엔 북어포 한 조각이 튀어나와 누렁이 앞에 떨어졌다. 그걸 주워 먹느라 아우성이 난 개들을 바라보며, 처녀가 킥킥 웃음을 터뜨렸다.

"이게 무슨 조화래."

할 말을 잃은 석삼의 어머니가 개들을 발길질로 쫓아냈다. 그 사이를 틈타 석삼이 집으로 뛰어들어가 마당에 처녀를 내려놓았다. 돌절구로 보리방아를 찧던 조카며느리는 놀란 입을 다물지 못했고, 마루에 앉아 다림질하던 형수도 무명 저고리가 타는 줄을 몰랐다.

"너 이름이 뭐냐?"

그제야 석삼은 제가 주워 온 각시의 이름조차 모른다는 사실을 깨달았다.

"각시면 각시지 이름은 알아 뭐 하오?"

처녀가 옷매무시를 고치며 대답했다.

"그건 그렇다. 삼월이면 어떻고 유월이면 어떠냐. 형수, 이 아이가 오늘부터 내 각시라오. 질부, 어린 숙모라고 내가 안 볼 때 골부림 내면 소죽에 양잿물 퍼부을 테니 그리 알아."

석삼이 다시 각시를 어깨에 둘러메고 문간방으로 들어갔다. 뒤늦게 따라 들어온 석삼의 어머니도 저고리를 다 태워먹은 형수도, 절굿공이를 떨어뜨린 조카며느리도 눈앞에 벌어진 진풍경을 믿지 못했다.

석삼의 어머니는 길에서 주운 근본 없는 계집일망정 인물도 곱상하고 붙임성도 좋은 각시가 내심 마음에 들었다. 그래서 질투 많은 며느리의 눈을 피해 장에 나가 옷도 한 벌 지어주고 고무신도 새로 사 쥐여주었다. 그러나 어찌 된 일인지 각시는 처음 온 날 입은 흰 저고리에 검정 치마를 벗지 않았다. 부인네들이야 여전히 치마저고리를 입는 댁이 아직 많았지만, 새색시나 처녀들은 치마를 댕강 잘라 길이를 줄이고 읍내에 나갈 때면 장옷 대신 양산을 쓰거나 굽 있는 구두를 신는 차림새가 유행이었다. 노인네들이 이맛살을 찌푸리거나 말거나, 열다섯 살 먹은 손자며느리도 제 서방을 구슬려 양산 하나를 얻어 가진 참이었다.

"나는 저런 난한 옷 못 입소, 형님. 허연 무종아리가 다 드러나는 게 무어 좋단 말이오. 남사스럽게."

마침 마당 앞으로 이웃 처녀 용선이 지나가고 있었다. 각시가 키질을 하는 제 동서 옆에 앉아 고개를 절레절레 저었다.

"그래도 용선이가 이 동네에선 제일 잘났지. 어려서부터 야물

딱지고 똑똑해서 면사무소에 취직도 하고, 인물도 모난 데 없이 동글납작하잖아. 궁둥이 살랑거리고 걷는 거 봐라. 총각들 혼이 쏙 빠지겠네."

호미를 들고 나서는 시어머니의 말에 각시의 눈이 반짝 빛났다. 그러고는 냉큼 자리를 털고 일어나 용선이 지나간 방향으로 뛰어갔다.

"어이구, 붙어 앉아서 키질 좀 배우라고 했더니만 그새를 못 참고 내빼네. 엄니, 저는 재가 동서인지 시누이인지 당최 모르겠네요. 계집이 밥을 먹으면 지 밥그릇은 지가 부셔야지, 숟가락만 내려놓으면 뽀르르 튀어 나가니 상전이 따로 없소."

큰며느리의 말은 한마디도 틀린 데가 없었다. 하지만 혼례도 없이 들여앉힌 각시가 밤봇짐이라도 싸면 어쩌나 싶은 석삼의 어머니였다.

"동서라고 해도 네 자식뻘이니라. 아무리 고까워도 윗사람이 세 번은 접어줘야지. 네가 감히 시어미도 안 시키는 시집살이를 시킬 참이야?"

석삼의 어머니는 각시가 딸이든 아들이든 튼실한 자식 하나는 낳아놓아야 마음이 놓일 것 같았다. 그런데 정작 신혼 재미에 푹 빠져 있어야 할 석삼은 해거름이면 집을 나갔다 새벽녘이 되어서야 돌아왔다. 또 노름을 하나 싶어 뒤를 밟아보았지만 이웃 마을 산신각 앞에 벌렁 드러누워 쿨쿨 잠만 잘 뿐이었다. 수상하기 짝이 없는 행동이었지만, 미련한 석삼을 쑤석거려봐야 분란만 일어날 것 같아 그만두었다.

　석삼은 동이 트기 직전에 집으로 돌아왔다. 그리고는 각시가 기다리는 건넌방으로 잽싸게 뛰어들어가 허리춤에 매달아놓은 자루를 풀었다.

　"내가 시킨 대로 했소?"

　각시가 무릎걸음으로 다가와 석삼에게 물었다.

　"아무렴, 했지. 지아비가 돼서 그것도 못 할까 봐."

　각시가 방긋 웃으며 자루를 열었다. 자루 안에는 색색의 사탕과 제단에 올린 공양미가 뒤섞여 있었다. 지켜보던 석삼이 입맛을 다시며 사탕 하나를 집어 들었지만 각시의 매서운 눈빛에 손이 곱았다.

　"향도 다 꺾어놓고, 탱화에 먹칠도 했소?"

　석삼이 멋쩍게 입맛을 다시며 고개를 끄덕였다.

　"그런데 각시, 시험에 통과하면 한 이불 덮게 해준다는 말 까먹은 건 아니지?"

　석삼이 엄지와 검지에 침을 묻혀 호롱불을 껐다.

　"내가 말하지 않았소, 시험은 세 개라고. 아직 두 개 더 남았으니 벌써부터 헛물켜지 마시구려."

　들척지근하게 달라붙는 석삼을 떼밀어내고 각시가 자루에 든 사탕을 입에 넣었다. 석삼은 속에서 천불이 솟았지만, 어린 각시를 거느리려면 마땅히 치러야 할 관문이라고 생각했다.

　날이 밝자마자 각시는 자루의 쌀을 깨끗이 씻어 밥을 짓고 된장을 풀어 국을 끓였다. 제법 그럴싸하게 한 상을 차려 툇마루에 올려놓고는 이웃집으로 달려가 출근 준비를 하는 용선을 데려왔다. 마침 쌀을 씻으러 나온 질부가 툇마루에 차려놓은 밥상을 보고 어쩔 줄 몰라 행주치마를 풋나물처럼 주무르던 찰나였다.

"이건 용선이 먹이려고 내가 지은 밥이니, 질부는 질부대로 식구들 조반 차리시게."

콧방귀를 뀌는 질부를 밀어내고, 각시가 용선을 툇마루에 앉혔다.

"햅쌀이라 기름 자르르한 것 좀 봐. 어서 한술 떠, 응?"

요 며칠, 각시는 저녁마다 용선의 집에 찾아가 튀긴 누룽지며 볶은 해바라기씨를 나누어 먹더니 제법 허물없는 사이가 되었다.

"댓바람부터 남의 집에 와서 조반 먹는 건 예의가 아닌데⋯⋯."

말은 그렇게 하면서도 용선은 이상하게 참을 수 없는 허기를 느꼈다. 제집에서도 매일 먹는 콩자반에 깻잎김치, 된장국같이 흔해빠진 상차림인데 어째서인지 입에 침이 고였다. 용선은 각시가 쥐여준 숟가락으로 밥 한술을 크게 떠 입에 욱여넣었다. 찰지고 향긋한 햅쌀이 혀에 착 달라붙었다. 밥그릇 바닥까지 긁어 먹고도 허기가 가라앉지 않았다. 각시가 주발에 숭늉을 따라 용선에게 건넸다.

"한 그릇 더 줄까?"

각시가 용선에게 물었다.

"한술 더 뜨면 나 지각하는데."

대답은 그렇게 하면서도 용선은 아쉬운 듯 숟가락을 빨았다.

"사환이 개근한다고 누가 면장 시켜주나? 그러지 말고 한술 더 떠. 언제 쌀밥 먹을 일이 또 있다고 마다해."

각시가 용선의 밥그릇을 새로 채워 들이밀었다. 용선은 침을 한 번 꿀꺽 삼키고 홀린 듯이 다시 그릇을 비워나갔다.

"이제 주고 싶어도 줄 밥이 없네. 기왕지사 늦은 거 오늘은 출근하지 말고 집에 가서 구들장 지고 잠이나 퍼 자소."

각시가 말끔하게 빈 반찬 접시와 밥그릇을 흐뭇하게 바라보며 용선에게 말했다. 영특하기로는 동네 여자들 중 으뜸인 용선이었지만, 어찌 된 일인지 각시 앞에선 어리보기도 그런 어리보기가 아니었다. 용선은 각시가 시키는 대로 제집에 돌아가 옷을 훌훌 벗어버리고 이부자리로 기어들었다. 냇가에서 젖은 빨래를 이고 돌아온 용선의 모친이 잠든 딸을 발견하고 욕설을 섞어가며 들깨웠지만 코 고는 소리만 요란해질 뿐 허사였다.

사달은 이튿날 벌어졌다. 잘 먹고 잘 자고 일어난 용선이 토사곽란을 일으킨 거였다. 동네 소식에 빠삭한 질부의 말에 따르면 어젯밤부터 먹은 음식을 모두 게워내고 맹물 같은 설사를 좍좍해대며 허공에 대고 잘못했다며 손을 싹싹 비비기까지 했단다. 용선의 어머니는 급한 대로 들에 나가 익모초를 뜯어 와 절구에 찧어 먹이고, 귀머거리 침술사를 불러 침과 뜸을 떴지만 별다른 차도는 없었다. 그사이 용선은 얼굴이 누렇게 뜨고 입술이 말라붙어 산송장 몰골이 되었다고 했다. 보다 못한 용선의 할머니가 시내까지 나가 의사를 데려왔지만, 그가 도착했을 무렵엔 용선은 이미 허옇게 눈을 까뒤집고 몸을 뒤틀다 숨이 넘어간 뒤였다. 용선은 마을 산기슭 후미진 곳에 봉분도 없이 묻혔다.

용선이 죽은 지 사흘 뒤 용선의 어머니도 같은 증세를 보이기 시작했다. 처음엔 열이 팔팔 끓더니 구토와 설사가 멈추지 않았다. 그러더니 용선의 오빠도 같은 증세로 앓아눕고 말았다. 마을 사람들은 그제야 용선이 돌림병을 남기고 죽었다는 걸 깨닫고 몸을 사리기 시작했다.

멀쩡하던 사람이 하루아침에 몹쓸 병을 남기고 불귀의 객이 되었으니 온 마을이 뒤숭숭했다. 게다가 용선이 죽기 전날, 석삼의 각시가 밥을 한 상 거하게 차려주었다는 소문까지 나돌았다. 들에 나갔다 소문을 듣고 낯이 뜨거워져 돌아온 석삼의 어머니는 머리에 대님을 묶고 돌아누워 끙끙 앓았다. 암만 생각해도 억울했다. 각시가 한 일이라곤 이웃집 처녀에게 밥을 지어 먹인 게 전부 아닌가. 각시가 마을에 들어오기 전부터 마을엔 찜찜한 사건이 한둘이 아니었다. 뒷산 중턱에 산신을 모셔놓은 산신각이 있는데, 보름 전쯤 누군가 한밤중에 침입해 탱화에 먹칠을 하고 초와 향을 꺾어놓아 마을이 발칵 뒤집힌 일이 있었다. 이장이 나서 장난 좋아하는 마을 소년들과 청년들을 차례로 닦달했지만 모두 결백을 주장했다. 하는 수 없이 집집마다 추렴하여 탱화를 새로 그려줄 환쟁이를 부르기로 했는데, 이번엔 마을 입구에 수백 년째 서 있던 장승 한 쌍이 불에 타 잿더미로 변했다. 그걸 본 마을 원로들의 낯빛도 잿빛으로 어두워졌다. 만신을 불러 큰굿을 해야 한다는 의견과 이제 마을의 명운이 다했으니 터전을 버려야 한다는 의견이 엎치락뒤치락했다. 그러는 와중에 마을과 역사를 함께해온 당산나무가 댕강 잘려 나가는 전대미문의 사건이 벌어졌다. 원로들은 급한 대로 당산나무 밑동 앞에 제상을 차려 치성을 들이고, 이장은 용하다는 무당을 찾아 외지로 출타했다. 그때 들어온 것이 각시였다.

이런저런 생각을 하고 있자니, 석삼의 어머니는 점점 더 부아가 났다. 마을에 불미스러운 일은 각시가 나타나기 전부터 터졌는데, 험담하기 좋아하는 사람들이 덩둘한 석삼을 얕잡아보는 것도 모자라 그 처까지 세치 혀로 까부르나 싶어 복장이 터졌다. 이 모든 게 똘똘하지 못한 자식을 낳은 자신의 잘못인 것 같아 하염없이 눈물이 흘렀다.

자정이 다 되어서야 안방의 불이 꺼졌다. 때마침 석삼이 개울에 나가 등목을 하고 돌아왔다. 각시가 석삼의 억센 손목을 잡고 방으로 끌고 들어와 보따리에서 작은 호리병 하나를 꺼냈다.

"오늘은 이걸 장승에 뿌리고 불을 붙이시오."

"그게 무언데?"

석삼이 젖은 머리를 털며 각시에게 물었다.

"피마자기름이지 뭐야."

각시가 호리병 뚜껑을 열어 석삼의 코밑에 대주었다. 기름에서 나는 풋내가 코를 찔렀다.

"왜 자꾸 나한테 이런 짓을 시키는 거요. 남의 마을 산신각을 요절낸 것도 영 마음이 찌꺼분해 죽겠는데 장승님한테까지 그럴 수는 없어."

석삼이 우물우물 대답하고는 작은 눈을 치켜뜨며 각시를 건너다보았다. 유난히 검고 번들거리는 각시의 눈동자에 서릿발이 내리쳤다.

"그까짓 나무 장승이 마누라보다 귀하단 말이오? 장승이 밥을 해주오, 빨래를 해주오, 아니면 자식을 낳아주오? 장승이 좋으면 이제부터 장승이랑 사시구려. 나는 갈 테니."

각시가 보따리를 품고 자리에서 발딱 일어섰다. 놀란 석삼이 허겁지겁 각시 종아리에 매달렸다. 남들처럼 연애나 중매로 서로 알고 짝지어진 사이가 아니니, 어려운 시험으로 서방의 속내를 떠보려는 각시의 마음을 헤아려주어야 한다고 석삼은 생각했다.

"내가 잘못했네. 각시 말이 맞아. 그놈의 장승이 밥을 먹여주나 새끼를 낳아주나. 내 지금 당장 뛰어가서 불 싸지르고 올 테니 여기 딱 붙어 있어. 응?"

석삼을 내려다보는 각시의 입가에 만족스러운 미소가 짧게 스쳐 갔다. 석삼은 허리끈을 졸라 묶고 각시에게서 받은 피마자기름을 움켜쥐었다. 그길로 이웃 마을로 달려간 석삼은 밤이 깊어 인적이 잦아들길 기다렸다.

"천하에서 지은 죄 지하에서 달게 받겠소. 이 모자란 놈 지아비 노릇 좀 하게 장군님들 도와주십쇼."

석삼이 몸을 덜덜 떨며 장승 앞에서 손을 모아 기도했다. 그러곤 감때사납게 눈을 치켜뜬 한 쌍의 장승에 피마자기름을 뿌렸다. 호주머니에서 부싯돌을 꺼내 불을 붙인 석삼은 눈으로 솟구치는 죄책감을 소매로 닦아내며 집으로 줄행랑쳤다.

그 시각, 각시는 온 마을을 뛰어다니며 보따리에서 꺼낸 색색의 사탕을 곳곳에 놓아두었다. 아이들이 자주 모여 노는 개울가 큼직한 바위 위, 뒷산 아래 으슥한 방앗간 앞, 청년들이 자수 모이는 우물가 평상, 출타 중인 이장네 대문간에 사탕이 놓였다.

그 이튿날, 사탕은 모두 사라졌다. 단것이라면 사족을 못 쓰는 아이들과 남몰래 방앗간에서 정분을 나누던 처녀와 총각, 지게를 내려놓고 평상에 모여 땀을 식히던 청년들과 임신한 이장네 맏며느리가 배앓이를 시작한 것도 그때부터였다.

"이게 염병이여. 우리 할머니가 젊어서 염병을 앓다 죽을 뻔하셨지. 웬만하면 죽는 병인데 우리 할머니는 어려서 사슴뿔을 달여 먹은 게 효험을 봤는지 간신히 살아남으셨어. 그 양반 돌아가실 때까지 머리카락이 새까맸지. 염병에서 살아남으면 머리가 안 센다고 하더구먼. 자네, 새끼 꼬아서 금줄 좀 치게."

설거지를 하던 석삼의 형수가 시름에 잠긴 목소리로 각시에게 말했다.

"금줄은 왜요?"

당혹스러운 기색으로 각시가 물었다.

"예부터 염병 같은 돌림병은 귀신이 옮긴다지 않나. 마을에 염병 귀신이 들어와 변고가 났으니 대문간에 금줄이라도 쳐야 잡것이 못 들어올 거 아닌가. 자네 새끼 꼴 줄 모르면 내가 꼬고."

기실, 형수는 진작부터 각시를 의심했다. 살림은 뒷전이고 시간만 나면 방에 처박혀 있거나 이 집 저 집 기웃거리고 다니는 행동거지도 수상했고, 시도 때도 없이 동네 개들이 집 앞으로 모여드는 것도 께름칙했다. 사람은 몰라도 개는 귀신을 알아본다고 했다. 한낱 잡귀라면 개들도 겁 없이 짖어댈 테지만, 돌림병을 옮기는 귀신은 외려 짐승을 온순하게 한다는 말도 있었다. 각시가 진짜 염병 귀신이라면 금줄을 치지 못할 터였다. 형수가 행주치마에 손을 닦고 지푸라기를 모아놓은 헛간으로 들어갔다. 그 뒤를 따르는 각시의 발걸음이 다급했다.

"내가 할 테니 형님은 형님 볼일이나…… 보시오."

각시가 형수를 앞질러 지푸라기 한 묶음을 냉큼 집었다. 웬일인가 싶은 얼굴로 각시를 톺아보던 형수가 고개를 끄덕이며 헛간을 나섰다.

"나 고추 따고 올 테니까, 그 전에 새끼줄 엮어놓아. 그리고 웬만하면 집에 좀 붙어 있게. 마을 사람들 중에 자네 반기는 사람 하나도 없어. 괜히 싸돌아다니면 돌팔매 맞기 십상이야."

대문 밖으로 멍석에 죽은 딸을 둘둘 말아 지게에 진 어느 집 아버지가 꺼이꺼이 울며 지나갔다. 그 뒤를 낯빛이 파리한 아이 엄마가 따랐다. 지켜보던 형수도 옷고름을 끌어다 젖은 눈가를 닦았다.

"각시, 나 물 좀."

그때 늦잠에서 깨어난 석삼이 긴 하품을 하며 툇마루로 기어 나왔다. 형수가 석삼을 향해 조용히 혀를 차고 머리에 광주리를 이었다.

"내 다녀옴세."

형수가 집을 나서자, 각시가 주발에 담긴 물 한 그릇을 석삼에게 가져다주었다.

"어, 시원하다!"

단숨에 냉수를 들이켠 석삼이 각시의 허리에 팔을 감았다.

"오늘 밤에 합방을 하면 필시 잘생긴 사내아이가 들어설 거요. 그러니 해지기 전에 마지막 시험을 쳐야겠소."

각시의 말에 석삼이 광대가 들썩하게 웃었다.

"무슨 시험을 치면 각시가 품을 내준단 말인가? 뭐든 시키는 대로 할 테니, 어서 말해보아."

한껏 들뜬 석삼과 달리 각시의 표정은 비장했다. 그녀는 말없이 헛간으로 들어가 도끼 한 자루를 들고 나왔다.

"지금 당장 이웃 마을로 가서 당산나무를 베시오."

산신각을 작살내고 장승을 불태운 것도 모자라 당산나무를 베라는 말에 석삼은 선뜻 고개를 끄덕이지 못했다.

"당산나무를 베어버리면 당산 할미는 어디에서 살라고?"

남보다 모자란 석삼의 생각에도 당산 할미는 장승하곤 비교도 되지 않는 마을의 최고 수호신이었다. 당산 할미가 깃든 당산나무를 베면 동티가 나기 마련인데, 어째서 각시가 이런 곤란한 일만 골라 시키는지 알 수 없었다. 당장 이 마을만 하더라도 당산나무가 사라진 뒤에 돌림병이 돌아 매일 몇 명씩 사람이 죽어나가고 있지 않은가.

"이 동네 당산 할미가 집을 잃었으니 어디 갔겠소. 그 마을 당산나무로 피신을 가지 않았겠난 말이오. 그러니 돌림병이 퍼져도 잦아들 기미가 안 보이고 어린애부터 노인네까지 날마다 송장을 치는 것 아니겠소. 당신이 그 동네 당산나무를 베어야 당산할미가 다시 우리 마을로 돌아온단 말이오."

만신을 찾으러 간 이장은 돌아올 줄을 모르고, 그러는 사이 마음이 졸아든 원로들이 산에 올라가 어린 느티나무를 뽑아 서낭당 앞에 옮겨 심었다. 그러나 나무가 뿌리를 내리려면 얼마나 시간이 걸릴지 알 수 없었고, 집 떠난 당산 할미가 돌아올지도 기연미연했다.

석삼은 고민에 빠졌다. 각시의 말마따나 당산 할미가 돌아오지 않으면 마을 사람들이 몰살할 수도 있겠다 싶었다. 그보다 이제 와 각시가 수틀려 도망가버리면 일평생 계집 치마폭에 휘감길 일이 묘연할 것만 같았다.

그까짓 늙은 나무 한 그루 잘라내기로 무슨 일이야 있을까 싶은 마음도 들었다. 당산나무 한 그루 없는 서울이 시골보다 더 잘사는 걸 보면 당산 할미니 뭐니 다 촌부들이 지어낸 미신이 아닌가 싶기도 했다.

"그래, 내 갔다 오리다. 각시는 아무 걱정 말고 집에 붙어 있어."

석삼이 각시에게서 도끼를 넘겨받아 어깨에 짊어졌다. 쨍하던 하늘이 어두워지며 툭툭, 빗방울이 석삼의 어깨 위로 떨어졌다. 가뭄이 해갈될 모양이었다.

"비가 퍼부으면 인적이 끊길 테니, 그 안에 베어야 하오. 지체하면 엄벙으로 이 마을 사람 다 죽는 거요. 어머니도, 나도."

각시가 석삼을 대문간까지 배웅하며 나직이 속삭였다. 석삼이 크게 한 번 고개를 끄덕이고, 고샅길을 내달렸다. 마을을 덮은 검은 구름이 석삼을 따라 이웃 마을로 흘러갔다. 비는 점점 굵어져 석삼이 당산나무 아래에 도착했을 땐 거짓말같이 인적이 뚝 끊겨 있었다.

초저녁처럼 아슴푸레한 하늘 아래서 석삼은 양손에 퉤퉤 침을 뱉고 도끼질을 시작했다. 울긋불긋한 오방색 천이 목덜미에 휘감겼지만 기세 좋게 끊어내고 어금니를 깨물며 팔을 휘둘렀다. 손에 물집이 터져 피가 흐를 즈음, 당산나무의 허리도 반쯤 기울었다. 매섭게 등허리를 갈기던 빗줄기도 한결 잦아들었다. 석삼은 도끼를 내려놓고 대여섯 걸음 떨어졌다 달려들어 당산나무에 제 몸을 부딪쳤다. 조금 기우뚱하는가 싶었지만 나무는 여전히 천지사방으로 가지를 뻗은 채 그대로였다. 지칠 대로 지쳐버린 석삼이었지만, 새초롬한 각시와 아들 근심으로 곶감처럼 쪼그라든 어머니의 얼굴을 떠올리며 기운을 짜 모았다. 다시 대여섯 걸음 물러났다 부딪치기를 수십 번, 시커먼 구름이 흩어지는 그 순간 나무가 구슬픈 비명을 내지르며 천천히 기울어 나동그라졌다. 석삼의 어깨와 팔뚝도 핏물에 젖어 있었다.

석삼은 도끼를 질질 끌고 다시 마을로 돌아왔다. 새로 옮겨다 심은 어린 당산나무가 옆으로 고꾸라져 허연 뿌리를 드러내고 있었다.

"안 돼! 네가 자빠져 있으면 당산 할미는 어디로 돌아오시라고."

석삼이 제 키보다 두 배는 큰 새 당산나무를 일으켜 세우느라 몸을 버둥거렸다. 어디선가 곡소리가 들렸다. 한두 집이 아닌 듯, 남녀노소의 울음이 뒤섞여 있었다. 석삼은 이 모든 분란이 당산 할미만 돌아오면 해결될 일이라고 믿었다.

"여기서 무어 하시오?"

등 뒤에서 나긋한 목소리가 들렸다. 석삼은 고개를 돌려 목소리의 주인을 찾았다. 처음 이 마을에 들어왔을 때처럼, 보따리를 품에 안은 각시가 동네 개들에 둘러싸여 있었다.

"마지막 시험까지 다 끝냈는데, 각시는 여기 왜 왔소? 보따리까지 들고 왜 여기 있냔 말이야!"

석삼이 뱃성을 내며 목소리를 높였다. 각시를 호위하듯 에워싼 마을 개들이 석삼을 향해 앞니를 으등그렸다.

"당신이 내가 살 집의 대문을 열어놓았으니 이제 그리로 이사 가는 길이라오. 그 나무일랑 자빠뜨려놓고 나랑 같이 가시든가."

각시가 석삼을 향해 손을 뻗었다. 그러나 석삼은 각시를 따라 나설 수 없었다. 당산나무를 놓아버리면 식구들의 목숨이 위험해질지도 몰랐다. 그러다 퍼뜩 든 생각이 있었다. 애당초 당산나무가 그 자리에 있었다면, 마을 사람들이 돌림병으로 죽어나갈 일도 없지 않았을까. 대체 누가 우리 마을의 당산나무를 베어버린 걸까. 어느 칠푼이가 마을의 수호신이 깃든 신성한 나무를 겁 없이 베어내 염병 귀신을 끌어들인 걸까. 얼굴도 모르는 작자를 원망했다.

"있다! 저기 나무 지고 서 있는 저놈이에요."

그때 여남은 명의 사내들이 소년 하나를 앞세우고 마을로 걸어 들어왔다.

"틀림없네, 저놈. 좀 전에 우리 마을 당산나무에 도끼질한 저 쌍놈의 새끼를 내 두 눈으로 봤다니까요!"

살기등등한 소년의 말에 사내들이 손에 든 곡괭이며 삽을 단단히 움켜쥐었다. 각시가 사내들 옆을 천천히 스쳐 갔지만 누구도 고개를 돌리는 사람이 없었다.

"개놈이 사는 마을이라 개새끼들이 끓는구먼."

사내들 중 한 명이 발에 엉기는 개를 걷어차며 빠드득 어금니를 갈았다. 각시가 걸음을 멈추고 몸을 돌려 석삼을 바라보았다. 그러고는 창자가 틀어지게 깔깔 웃어댔다. 그와 동시에 이웃 마을 사내들이 휘두르는 흉기가 석삼을 덮쳤다.

*

선뜩한 한기가 뒷목을 훑고 지나갔다.

"할머니, 혈압이랑 체온 좀 잴게요. 링거도 갈고요."

하필 그때 간호사가 들어오는 바람에 이야기가 끊어졌다.

"체온은 정상이시고요, 혈압이 많이 높아요. 혈액 검사한 거염증 수치도 높고 혈당도 들쑥날쑥하거든요. 저녁 회진 때 주치의 선생님이 집중 치료실로 올라가는 거 말씀하실 거예요."

간호사가 명랑하게 증조할머니에게 앞으로 닥칠 불행을 설명하고 병실을 나갔다. 침울해진 나와 달리 증조할머니는 태연하게 고개를 끄덕였다.

"왕할머니, 그럼 각시가 염병 귀신이었던 거야?"

증조할머니가 나를 향해 빙긋 웃어 보였다.

"그건 나도 몰라. 어른들은 가끔 애들을 겁주려고 무서운 이야기를 지어내기도 하니까. 아무튼 작은할아버지는 거기서 흠씬 두들겨 맞고 달포쯤 앓다 돌아가셨다지. 그리고 이웃 마을에도 염병이 퍼져 한 집 걸러 하나씩 사람이 죽어나갔다더구나."

증조할머니의 목소리가 점점 작아졌다. 새로 달린 크고 작은 링거액이 약속된 시간으로 다가서는 초침처럼 증조할머니를 향해 떨어졌다. 도로롱, 낮은 코골이 소리가 조용한 병실에 울려 퍼졌다. 자리에서 일어나 잠든 증조할머니의 얼굴을 물끄러미 내려다보았다. 이 모든 게, 버릇없는 아이를 겁주려고 지어낸 거짓말이면 좋겠다고 생각했다.

"야, 왕할머니 주무셔?"

병실 문이 열렸다. 형이었다. 손에는 할머니가 좋아하는 카스텔라와 소보로빵이 들려 있었다.

"과외 없는 날인데 왜 이렇게 늦었어. 들어올 거면 들어오고 나갈 거면 빨랑 나가. 방금 잠드셨단 말이야."

형은 몹시 어정쩡한 자세로 문간에 서 있었다.

"1층에서 완전 예쁜 여자애를 만났는데, 몇 마디 들어줬더니 여기까지 따라왔어. 병실 구경하고 싶대. 같이 들어간다."

대꾸할 겨를도 없이 형이 성큼 안으로 들어서며 문밖을 향해 손짓했다.

"컴 온, 컴 온. 마이 그랜드마더 이즈 슬리핑."

형이 소곤거렸다. 그러자 검은색 천으로 몸을 가린 자그마한 소녀가 병실로 걸어 들어왔다. 그녀가 검은 천을 당겨 스르르 벗어내자 금수가 놓인 붉은색 치파오가 드러났다. 가늘게 다듬은 눈썹이 아치형으로 에워싼 커다란 눈동자가 나와 증조할머니를 차례로 훑었다.

"런스니헌까오씽."

소녀의 목소리가 뉴스 속보와 뒤섞였다.

"방금 들어온 소식입니다. 중국 우한에서 확산 중인 폐렴이 국내에서도……."

어디선가 분 냄새처럼 나른한 향기가 병실로 스며들었다. 소녀가 희미하게 웃으며 형의 손을 끌어다 제 손을 겹쳤다. 형이 세상에서 가장 바보 같은 표정을 지으며 소녀를 바라보았다. 소녀의 아름다운 얼굴을 바라보는 나도 지금 저런 표정일까.

작가의 말

　세 번째 작품집이다. 지난 몇 년간 발표한 작품들을 모아 다시 읽다 보니, 그 안에 녹은 내 서사가 먼저 들여다보였다. 「살인자의 쇼핑목록」초고를 썼을 때만 해도 스마트폰이 없었다. 지금이라면 메신저로 나눌 법한 대화를 초고에선 직접 만나 눈을 보고 전달하던 시절이었다. 작품 속 '은지'는 종이 신문을 읽고 자신이 직접 눈으로 본 것만 믿는 그 시절의 나를 그대로 옮겨놓았다. 개작하며 좀 더 스마트한 캐릭터로 수선해볼까 고민하다 그만두었다. 차가운 관찰자는 한눈을 팔 겨를이 없을 거란 결론을 얻은 덕이다.

　「러닝패밀리」는 한때 내 아이가 정신없이 빠져들어 기어코 현질을 했던 게임에서 발화한 작품이다. 또 「어느 날 개들이」는 어느덧 교복을 입고 입시 준비를 하게 된 아이가 만나는 사람과 공간에 대한 상념에서 시작되었다. 겉보기엔 평온해 보이지만 깊이 들여다볼수록 치열하고 고단한 아이의 삶 한 부분을 어떤 방식으로든 기록해주고 싶었다. 「데우스 엑스 마키나」는 문예창작과 강의를 하며 만난 제자들과의 추억에서 비롯되었고, 「각시」는 역병으로 긴 시간 거리두기를 하는 것에 지쳐 떠올렸다. 작품집에서 가장 짧지만 그럼에도 애틋한 작품은 「덤덤한 식사」다. 그 작품은 내 고양이 돌돌이와 함께 쓴 것이나 다름없다. 원고를 쓰는 동안 노트북 옆에 눕거나 무릎에 기어오르거나 발치에 동그랗게 몸을 말고 잠을 청하는 돌돌이를 바라보며 받아 적듯 묘사를 이어나갈 수 있었다.

모든 작품 안에 '나'와 '나'의 가족, 그리고 친구와 제자들의 숨결이 깃들어 있다. 그들이 없었다면 나는 참 재미없는 사람이었을지 모른다. 이렇게 또 한 권의 작품집을 출간할 수 있게 도와준 모두에게 좋은 사람이 되고 싶다.

빠듯한 일정에도 세심하게 원고를 보아준 김정은 부장님과 김보성 대리님에게 감사의 마음을 전하고 싶다.

살인자의 쇼핑목록

© 강지영, 2022

초판 1쇄 발행일 2022년 5월 13일
초판 5쇄 발행일 2025년 1월 1일

지은이   강지영
펴낸이   정은영

펴낸곳   네오북스
출판등록 2013년 4월 19일 제2013-000123호
주소   10881 경기도 파주시 회동길 325-20
전화   편집부 (02)324-2347, 경영지원부 (02)325-6047
팩스   편집부 (02)324-2348, 경영지원부 (02)2648-1311
이메일   neofiction@jamobook.com

ISBN 979-11-5740-339-4 (03810)

이 책의 판권은 지은이와 네오북스에 있습니다.
이 책 내용의 전부 또는 일부를 사용하려면 반드시 양측의 서면 동의를 받아야 합니다.